서른,
환승역
입니다

매일 여행하는 여자
정세영의 오늘

서른,
환승역
입니다

정세영 지음

도서
출판 프리뷰

"감사합니다. 안녕히 가십시오."

오늘도 무사히 승무를 마치고 집에 와 책상 앞에 앉았다. 스프레이로 단단히 고정시킨 머리를 아직 풀지도 않은 채이다.

그동안 승무하면서 틈틈이 집필한 내 이야기를 세상에 내보내려 한다. 이 책은 심오하거나, 진지하거나, 생각에 잠기게 하거나, 어떤 질문을 던지려는 것이 아니다. 그저 많은 분들이 즐거운 마음으로 술술 읽었으면 하는 바람이다. 지금부터 짧지만, 그래도 알차고 재밌게 살아온 내 이야기를 들려주려 한다.

서점에 가서 좋은 책을 고르기 위해 촤르륵 하고 책갈피를 빠르게 넘기듯, 글을 쓰면서 지나온 시간들을 돌아볼 수 있었다. 어떤 에피소드는 웃으면서 신나게 써 내려갔고 어떤 글은 가슴 아팠던 순간이 떠올라 눈물을 뚝뚝 떨어뜨리기도 했다.

처음부터 내 직업이 기차 승무원은 아니었다. 스물두 살에 대학을 졸

업하고 7년 동안 회사를 다니며 가끔 여행사에서 긴급 모객하는 도깨비 여행이 유일한 낙이었던 평범한 직장인이었다.

그런 내 삶이 2012년부터 많은 변화가 생겼다. 회사를 다니면서도 공부가 하고 싶었던 나는 스물아홉 살 늦깎이 대학생이 되었다.

"대학 졸업하면 뭐 할 거야?"

"글쎄, 아직 생각 안 해봤어."

친구들의 질문에도 저렇게 대답할 뿐 딱히 무엇을 해야겠다고 정한 것은 없었다. 대학에 입학하고 일 년 후, 교환학생으로 중국에 유학가면서 '앞으로 내가 즐겁게 할 수 있는 일을 찾았으면' 하는 작은 기대를 안고 떠났다.

어렸을 때는 우리 가족, 우리 동네, 학교 친구가 전부였다. 시간이 지나면서 사회에서 만난 친구와 직장동료들이 생기고 인간관계가 넓어졌고 저절로 내 시야도 넓어졌다. 중국에서 여러 나라 학생들과 지내며 그동안 내가 옳다고 생각한 고정관념들이 틀릴 수도 있다는 것을 깨달았다.

하루는 기숙사 커튼 사이로 비치는 햇살에 눈이 부셔 잠에서 깼다.

"벌써 아침이네? 알람이 따로 필요가 없고만."

두터운 커튼을 뚫고 들어올 정도로 밝은 빛 때문에 눈을 찡그리며 시계를 집어 들었다.

"엥? 이게 머야?"

시계에는 숫자 3이 적혀 있었다. 이렇게 밝은데 새벽 세시 반이라니? 믿을 수 없는 광경에 창문을 한없이 쳐다봤다. 그때 중국은 하나의 시간으로 통일하고 있다는 것을 수업시간에 배운 기억이 났다. 여러 민족이 섞여 있어서 시간을 통합해서 쓸 필요성이 있었던 것이다.

글로만 배운 것을 몸소 경험해보니 이 세상에 내가 모르는 것이 얼마나 많을지 궁금해졌다. 집과 회사를 오가며 지내던 단조로운 내 인생에서 새로운 문을 열고 더 넓은 곳으로 나간 기분이었다.

'이전과는 다른 새로운 일을 하고 싶다. 매일매일 이렇게 신기하고 가슴 뛰는 경험을 하고 싶다.'

그렇게 작은 소망을 안고 한국으로 돌아와 새로운 나이의 시작인 서른 살에 기차 승무원이 되었다.

나에게는 지금까지 총 세 대의 기차가 생겼다. '남도해양열차 S트레인 승무원'으로 첫 발을 디디고, '평화열차 DMZ트레인'을 거쳐 현재 '정선아리랑열차 A트레인 승무원'으로 부산에서부터 아우라지까지 전국을 돌아다녔다.

"관광열차 승무원? 거기서는 무슨 일을 하시나요?"

내 직업을 소개하고 수없이 많이 들은 질문이다. 이제는 기차여행이 하나의 문화로 자리 잡아 많은 분들이 관광열차를 찾아오고 있다. 그 중 눈에 띄는 변화는 외국인 손님들의 증가이다. 내국인 못지않게 높은 비율을 차지하고 있는 외국손님들은 한국의 관광열차를 꽤나 반기는 모습이다.

얼마 전 어느 중학교에 가서 '전문 직업인과의 만남'이라는 주제로 학생들을 상대로 강의를 했다.

"기차 승무원은 어떤 일을 하나요?"

"관광열차는 KTX와 많이 다른가요?"

"스펙은 어떻게 되나요?"

"비행기 승무원과 기차 승무원은 하는 일이 같나요?"

학생들의 질문에 차근차근 대답해주면서 미래의 꿈나무들에게 새로운 직업을 알린 것 같아 뿌듯했다. 주변 지인들에게만 들려준 내 이야기를 많은 사람들과 공유하려고 하니 조금은 쑥스럽기도 하다. 아직도 진행 중인 내 인생의 한 토막을 뚝 떼어내서 이곳에 적어 놓으니 묘한 기분도 든다.

'會者定離'(회자정리)

나는 헤어짐에 익숙하다. 아니, 헤어지는 기분에 익숙하다는 것이 더 정확한 표현일 것이다. 초등학교 졸업식 날 전교생이 모인 운동장에서 서럽게 울었던 기억이 난다. 옆 반 친구들이 모두 쳐다볼 만큼 펑펑 울었다. 다른 중학교로 가는 친구들과 헤어진다는 슬픔보다 다시는 이 시절로 돌아올 수 없다는 것이 사무치게 슬펐다.

나는 직감적으로 '헤어짐'을 느낀다. 갑자기 내가 있는 장소를 사진으로 남기고 싶거나 주변 환경이 아름답게 느껴질 때가 있다. 그런 기분이 들고 나면 영락없이 내가 있는 곳을 떠날 상황이 생겼다.

이 책을 집필하고 나서 A트레인 승무원으로 발령이 났다. DMZ트레인 승무원으로 근무하면서 마치 내 동네같이 느껴졌던 도라산역을 떠날 생각을 하니 무척 서운했다.

'내가 이곳에 얼마나 더 올 수 있을까?'

발령 나기 며칠 전부터 임진강 철교 위를 지날 때마다 이런 생각이 들었다. 유난히 아름다웠던 임진강의 풍경과 눈이 소복이 쌓인 백마고지 역을 사진에 담으면서 정든 곳을 떠날 준비를 했다.

서울에서 부산으로 그리고 민통선 구역인 도라산역과 최북단 역인 백마고지역, 마지막으로 여행으로도 가본 적이 없는 강원도 정선까지. 나는 기차를 타고 매일매일 떠나고 있다. 이제는 어딘가로 떠나는 것이 내 삶의 일부가 되어 버렸다. 헤어짐과 떠남에 익숙해지면서 새롭게 찾아온 것이 있다면, 일상의 모든 것에 대한 감사함과 소중함이다.

기차를 타면서부터 매 순간을 사진으로 남기고 기록했다. 기차에 탑승하는 모든 승객들이 나에게는 이야기 소재이다. 글을 쓰면서 새삼 느낀 건 내 주변에 고마운 사람들이 참 많다는 점이었다. 내가 하고 싶은 일을 하면서 행복하게 지낼 수 있었던 것은 나만의 노력이 아닌 주변 사람들의 도움이 컸다. 이 책이 나온다는 소식을 듣고 자신의 일인 것처럼 기뻐하는 사람들을 보며 또 한 번 감동을 받았다.

'기차여행은 인생과도 같다.'라는 글귀를 어디선가 본 적이 있다. 인생을 살아가다 보면 입학, 졸업, 시험, 취업, 결혼, 가족 등과 같은 수많은 정차 역을 만나게 된다. 그 정차 역을 하나, 둘 씩 지날 때마다 다양한 사람들이 기차에 타기도 하고 내리기도 한다. 가끔은 고속선을 타고 지연 없이 빠르게 달려가기도 하고, 어떤 때는 빨간 신호등 앞에서 초록불로 바뀔 때까지 하염없이 기다려야 할 때도 있다.

끝으로 유니폼 입은 내 모습이 선녀 같다고 해주시는 대한민국 최고

의 청렴경찰 아빠와 삶의 지혜를 끊임없이 가르쳐 주는 소녀감성 엄마, 그리고 내 인생의 든든한 나무 같은 오빠. 하얼빈에서 맺은 인연을 지금까지 이어가고 있는 보배 같은 세진이. 내가 어떤 선택을 하든 자랑스러워 해주는 20년 지기 친구 은정, 아름, 효은. 20대 초반에 만나 함께 서른을 맞이한 미녀 동생 수정이와 아름이. 덕분에 10년은 젊어지게 되는 단국대 중국어과 동생들과 교수님들.

재능과 미모를 모두 겸비한 관광열차 승무원들. 서울깍쟁이 언니를 부산사투리로 녹인 S트레인 동기들. 관광열차를 탄생시킨 코레일 관계자 분들과 코레일 관광개발 직원들. 멀리 미국에서도 내 책을 열렬히 응원해 준 아네스 안 작가님과 아름다운 '아트메신저' 이소영 작가님. 내 이야기를 멋지게 책으로 탄생시켜 주신 도서출판 프리뷰 가족들. 내 기차에 탑승했던 수많은 승객들. 멋진 사진으로 도움 주신 기차여행 전문가 박준규님과 KTX 기관사 류기윤님.

그리고 지면에는 다 적지 못했지만 나를 알고 내가 알고 있는 모든 분들께 감사의 마음을 전한다.

내 이야기는 이제 시작이다. 이 책이 치열하게 살아가는 독자들의 삶에서 잠시나마 여유를 가질 수 있는 간이역 같은 역할을 해줬으면 한다.

마지막으로 책을 덮는 순간 읽은 사람의 입에서 "아이고, 구경 한 번 잘했네."라는 말이 나와 준다면 금상첨화일 것이다.

정세영

나는 인생이라는 여행을 하는 중이다.

이제야 그 여행이 제대로 시작되려는 것 같다.

앞으로도 정말 힘들고 어려운 순간들이 올 것이다.

하지만 지금까지 그래왔던 것처럼 위기의 시간들은

금방 지나갈 것이다. 내가 그동안 이루었던

작은 점들이 하나하나 모여서 좀 더 큰 점이 되었고,

큰 점이 모여서 선이 되었다. 그 선을 이어가다 보면

둥근 원이 될 것이다.

1장
반갑습니다,
정세영입니다

2장
오늘 하루
어땠나요?

3장
은하철도
999 다이어리

4장
서른,
환승역입니다

1장

반갑습니다,
정세영입니다.

나는 레일 위의 꽃,
기차 승무원

"9시 정각에 출발하는 부산행 KTX 곧 출발합니다."

서울역 플랫폼에 서 있으면 항상 들리는 소리다. 10분 간격, 때로는 5분 간격으로 출발하는 기차가 마주보고 서 있고, 에스컬레이터 앞 쪽에서는 승무원들이 기차를 타려고 내려오는 승객들을 맞이한다. 출발 1분 전까지 헐레벌떡 뛰어오는 승객들을 한 분이라도 놓칠 새라 승무원들은 열차시간과 번호를 계속해서 소리쳐 알려준다. 대부분의 승객들이 처음 마주치는 기차 승무원들의 모습이다.

"안녕하십니까? 도라산역으로 가는 DMZ트레인입니다."

나는 '관광열차 승무원'이다. 관광열차 하면 많은 승객들이 춤추고 노래하면서 놀 수 있는 열차로 생각한다. 고속도로를 씽씽 달리며 화려한 불빛 아래서 춤을 추는 '관광버스'로 착각하는 걸까? 열차 안에서 마이크를 잡고 안내방송을 하고 있으면 "언니, 여기 노래방 기계 있어? 노래 한 곡 불러도 되나?"하시며 애창곡 제목을 말한다. 그럴 때는 당황스럽기도 하지만 웃으면서 듣고 싶은 노래를 틀어드리겠다고 말한다.

두 개로 쭉 뻗은 레일을 육중한 무게로 지나가는 기차 안에서 승무원들은 바쁘게 움직인다. 기차 앞에서 승객들을 맞이하며 하는 인사를 영접인사라고 하는데, 이 영접인사를 하는 순간부터 승무원들은 할 일이 태산이다.

자리를 바꿔 달라는 손님, 기차표를 환불해 달라는 손님, 앞 시간 기차를 놓쳐서 대신 타겠다는 손님, 반대로 다음 시간 기차표를 가지고 미리 타겠다는 손님, 기차표 없이 바로 타겠다는 손님 등등 수많은 요구를 가지고 승무원에게 다가온다. 하지만 이런 정신없는 상황에서도 승무원들은 침착하고 신속하게 안내를 해드린다.

"고객님, 지금은 만석이라 자리를 바꿔드릴 수가 없습니다."
"고객님, 환불은 해드릴 수 있지만 수수료가 부과됩니다."
"열차 안에서 발권하시면 부과금이 발생합니다. 괜찮으십니까?"

가끔은 대여섯 명의 승객이 한꺼번에 질문을 할 때도 있어서 빨리 안내해드리기 위해 속사포같이 말을 쏟아내기도 한다. 기차가 제시간에 출발하지 못하면 다음 기차가 계속해서 지연되기 때문에 승무원들의 신속, 정확한 안내가 무엇보다 중요하다.

승무원들은 유니폼을 입는 순간부터 마음가짐과 행동이 달라진다. 말투나 행동 하나도 조심하게 되고, 승객들에 대한 안내에도 더욱 세심하게 신경 쓰게 된다. 역에서는 유니폼을 입고 있는 승무원이 눈에 띌 수밖에 없으니 승객들은 기차시간이나 플랫폼 번호를 자주 물어보신다.

관광열차 승무원의 유니폼은 열차의 특이한 생김새만큼 특색이 있다. 내가 현재 타는 DMZ트레인의 유니폼은 베이지색으로, 전체적으로 군복 느낌을 풍긴다. 민간인 통제구역 안에 있는 도라산역과 최전방인 백마고지역을 운행하는 기차다 보니 콘셉트를 군복으로 잡았다. 이 유니폼을 입고 있으면 "군인이세요?"라는 질문을 가장 많이 받는다.

임진강역과 도라산역에서 승객들을 통제할 일이 생긴다. 임진강역에서는 정확한 인원 점검을 해야 하고, 도라산역은 민통선 구역이라 자유로운 통행이 금지되기 때문이다. 그때마다 승객들이 잘 협조해주는데, 이 유니폼의 도움을 많이 받는다. 아무래도 유니폼이 군복 느낌인데다 헌병과 함께 있으면 승객들이 우리 승무원의 안내를 좀 더 순순히 받아들이는 것 같다.

이전에 근무했던 S트레인의 유니폼은 참 상큼하고 귀여웠다. 프랑스 디자이너 펠릭스 부코브자가 기차와 유니폼을 함께 디자인한 거라서 화려한 기차와 어울리는 보라색의 세일러 복장이다. 옛날 교복이 생각나신다는 어머니 손님들과 외국 손님들에게 인기 만점이다.

이제 KTX 승무원의 유니폼에 익숙해진 승객들의 눈에는 관광열차 승무원들의 유니폼이 신기해 보이는 것 같다. 기차에 승무하기 위해 역을 지나가거나 플랫폼 앞에 서 있으면 승객들이 지나가다가 인사를 하면서 무슨 기차 승무원이냐고 물어보기도 하고, 유니폼이 참 예쁘다고 덕담을 해주신다. 꼬마 아이들은 승무원이 인사해주면 깡충깡충 뛰면서 좋아한다.

"우리 아이들 하고 사진촬영 한번 해주실 수 있으세요?"

아이 엄마들에게 이런 부탁을 많이 받는다. 그럴 때마다 승무원인 우리들도 기분이 좋아진다. 어린이들에게 좋은 추억을 안겨줄 수 있고, 이 아이들이 나중에 커서 어른이 되면 주요 기차여행 손님이 될 테니 말이다.

"식사하시는데 실례합니다. 유니폼이 너무 멋져서 그러는데요, 어디서 근무하시나요?"

유니폼을 입고 식당에 가면 식사를 하고 나가시던 손님들이 우리 자리까지 다가와서 질문을 한다. 승무 초반에는 이런 시선이 부담스러웠지만 시간이 지나면서 이런 호의적인 반응에 저절로 어깨가 으쓱해졌다. 덕분에 저절로 기차 홍보가 되는 것을 보면 승무원 자체가 하나의 브랜드가 될 수도 있다는 생각이 든다.

기차에 승무하게 되면 나를 바라보는 승객들이 어린아이처럼 느껴질 때가 있다. 자리를 안내해 드리면 신기한 듯 기차 내부를 구경하고 호기심 가득한 눈으로 차창 밖의 풍경을 구경한다.

"기차 안에 매점이 있나요?"

"기차 밖에 그려진 그림에는 무슨 의미가 있나요?"

"지금 보이는 저 산의 이름이 무엇인가요?"

"도착해서 관광은 어떻게 하나요?"

새로운 세상에 온 아이들처럼 다양한 질문을 하는 승객들을 보면 더 잘 보살펴 드려야겠다는 생각이 든다. 승무원들은 승객들의 알찬 기차 여행을 위해 정기적으로 규정시험을 보고 역 주변 관광지와 축제, 교통편 등을 공부한다. 관광열차는 생김새가 일반기차와 확연히 다르다. 처음 승무한 S트레인은 기관차 모양이 아주 특이하다. 이순신 장군님의 '거북선'을 형상화한 기관차에는 용이 그려져 있다. 장인이 직접 심혈을 기울여 그림을 그렸기 때문에 실제로 보면 굉장히 정교하고 아름답다.

플랫폼에서 기차를 기다리고 있으면 저 멀리 입에서 불을 뿜듯 조명을 환하게 키고 기관차가 달려온다. 아이들은 그 모습을 보고 "우와! 용이다!"라고 외치며 팔짝팔짝 뛰고 주위에서는 카메라 셔터 누르는 소리가 바쁘게 들린다. 기차는 총 두 대로, 한 대는 비상하는 학이 그려져 있는 분홍색, 나머지 한 대는 푸른 바다에 비치는 쪽빛이 그려져 있는 파란색이다. S트레인 승무원들은 '분홍이'와 '파랭이'라는 애칭으로 부르고 있다.

지금 승무하고 있는 DMZ트레인의 기차 외부는 미카 증기기관차와 동서양의 다양한 사람들이 손을 맞잡고 있는 모습이 그려져 있다. 독특한 외관 덕분에 관광열차는 손님들의 눈길을 사로잡는다. 플랫폼에 서 있으면 "이 기차 이름은 무엇인가요?" 하며 관심을 보이는 사람들이 많다. 어떤 날은 KTX에서 내린 승객들이 모여들어 우리 기차 사진을 찍어서 마치 레드카펫 위에 서 있는 여배우가 된 기분이었다.

독특한 기차에서 예쁜 유니폼을 입고 근무하면서 기차 승무원이라는 직업에 더욱 애정이 갔다. 계절에 따라 시시각각 바뀌는 대한민국의 절경을 구경할 수 있고, 손님들 또한 여행을 가는 분들이라 대부분 친절하

셔서 서비스직에서 소위 말하는 '컴플레인'이 적다.

기차 승무원으로 근무하면서 조금 아쉬운 부분이 있다면, 스케줄에 따라 근무하기 때문에 기념일이나 명절을 잘 챙기지 못한다는 것이다. 하지만 생일날 근무하면서 "고객님, 오늘 제 생일입니다. 축하해주세요!"라고 방송을 했더니 승객들이 싸오신 빵, 과일, 커피 등 다양한 선물이 방송실로 마구 쏟아지기도 했다. 마치 걸 그룹이 된 것 같았다. 그만큼 관광열차는 승객들과 승무원이 하나가 되어서 화기애애한 분위기로 여행길의 또 다른 추억을 만들 수 있다.

농구 코트에서 땀 흘리며 경기를 뛰는 농구 선수들이 주인공이라면 치어리더는 관중과 선수를 하나로 묶어주는 매개체이다. 치어리더는 경기 중간 중간 응원과 공연을 펼치며 선수들과 관중들의 흥을 돋구어주는 감초 같은 역할을 한다. 우리 승무원들 또한 기차여행의 주인공인 승객들을 위해 기차 안에서 훌륭한 조연 역할을 해내고 있다.

농구 코트위에 꽃인 치어리더가 있듯이 나는 레일 위에 꽃, 기차 승무원이다.

서울역의
아침과 저녁

　2005년 내 첫 직장은 광화문이었다. 초등학생 때 엄마 손을 잡고 광화문 교보문고에 가서 맘껏 책을 읽고, 늘 한아름씩 책을 사서 돌아오곤 했다. 집에 오는 길에 광화문 거리를 바쁘게 지나다니는 회사원들을 보면서 '나중에 어른이 되면 나도 광화문에 있는 회사에 다녀야지!'라고 생각했다. 그렇게 꿈꾼 지 10년 뒤 정말로 광화문에 있는 회사를 7년 동안 다녔다. 참 신기하기도 하지.

　잠시 중국에 유학 다녀오고 나서 나의 직업은 기차 승무원으로 바뀌었다. 부산지사로 입사 후 꿈에 그리던 즐거운 부산 생활이 이어졌고, 6개월 후 서울지사로 발령받아 현재 매일 서울역으로 출근하고 있다. 서울역에는 평일, 주말 할 거 없이 늘 사람이 많다.

　"대체 이 많은 사람들이 다 어디를 가시는 걸까요?"

　캐리어를 끌고 가면서 승무원들끼리 항상 하는 말이다. 아침부터 저녁까지 기차는 쉴 새 없이 서울역에 들어왔다 나가기를 반복하고, 사람들은 기차에서 내렸다 타기를 반복한다.

누군가에게는 그리운 고향으로 가는 길.
누군가에게는 따뜻한 집으로 돌아오는 길.
또 누군가에게는 새로운 출발을 알리는 길.

서울역은 단지 교통수단을 이용하기 위한 역이 아닌 여러 사람의 삶이 녹아 있는 곳이다. 내가 꼬꼬마 시절 TV드라마에 나온 서울역은 가난을 뒤로하고 서울로 상경하는 젊은이의 희망을 나타내거나, 시골에서 올라온 사람들이 불량배에게 사기를 당하는, 낯설고 두려운 장소로 그려졌다.

엄마는 서울역 하면 역 앞에 있는 대우건물이 더 기억에 남는다고 하신다. 처음 서울에 있는 친척집에 가느라 서울역에 도착했을 때 대우건물이 어찌나 높던지 목이 아플 정도로 올려다보셨다고 한다. 엄마뿐 아니라 서울역에 처음 온 모든 사람들이 그렇게 했으리라. 지금이야 높은 건물이 많지만 당시에는 그 건물이 엄마에게는 63빌딩만큼 높게 느껴졌나 보다. 서울역의 상징이라 할 수 있을 정도로 타지 사람들에게 이 건물은 위압적으로 느껴졌을 것이다.

지금 이 건물은 다른 이름으로 바뀌었고, 밤이 되면 팝 아티스트 줄리안 오피의 '걸어가는 사람들'이라는 대형 작품이 건물 전면에 번쩍이며 나타난다. LED를 이용한 작품으로, 여러 사람이 한쪽을 향해 무심한 듯 바쁘게 걸어가는 모습이 꼭 지금의 서울 사람들을 표현하는 것 같다.

구 서울역사가 역사 속으로 사라지고 신 서울역이 생겼을 때 기차를
타러 역에 갔다가 깜짝 놀랐다. 넓고, 깨끗하고 쾌적한 역사 모습이 마치
공항에 온 듯한 기분이 들게 했다. 서울역의 옛 모습은 사라지고 세련된
모습으로 바뀌었다. 그래도 바뀌지 않은 것이 하나 있다면, 떠나는 사람
과 배웅하는 사람들의 모습이다. 특히 명절이면 가족 단위의 승객들이
플랫폼에서 눈물의 상봉이나 헤어짐을 보여준다.

"아이구! 내 강아지 왔구나."

기차 앞에서 기다리고 있는 꽃 같은 손자들을 보면 할머니는 내리자
마자 품에 꼭 안으며 이렇게 소리치신다. 다른 기차에서는 며느리로 보
이는 젊은 여인이 남편과 함께 시어머니의 짐을 올려 드리며 조심히 가
시라고 손을 꼭 잡아 드린다. 나이 많은 어머니가 혼자 잘 가실까 걱정
이 되는지 부부는 기차가 떠나서 사라질 때까지 그 자리에 꼭 붙어 서
있었다.

어르신들은 무슨 짐이 그렇게 많은지 항상 손에 두세 개의 보따리가
들려 있다. 엄마에게 "할머니 할아버지들은 왜 그렇게 짐이 많으신 거
야?"라고 물어보면 "자식들 먹일 음식일거다."라고 하신다.

광주 송정으로 가는 S트레인에 한 할머니가 수레에 짐을 잔뜩 싣고
양손에는 스티로폼 박스를 들고 승차하신 적이 있다. 짐이 너무 많아서
옮겨 드리다가 무게에 깜짝 놀랐다.

"아유, 무거워라. 고객님 이 많은 짐을 다 어떻게 가져 오셨어요?"

"살살 들고 왔어."

"역에 내리면 누가 나오신대요? 고객님 혼자 이거 다 못 들고 가세요."

"응 나올 거야. 우리 아들이 마중 나온대."

할머니는 무겁지도 않으신지 짐을 꼭 끌어안으셨다. 광주 송정역에 도착하고 그 무거운 짐들을 내리는데 또 한참이 걸렸다.

"이거 다 우리 아들 먹일 거야."

플랫폼에 서서 웃으시는 할머니를 보며 매일 아침밥 먹으라고 쫓아다니는 엄마가 생각이 났다. 크고 작은 난리를 여러 번 겪으신 어른들에게는 '먹을 것'이 가장 중요하게 여겨지실 것이고, 자식들에게 조금이라도 더 먹이고 싶은 마음에 올 때마다 음식이 가득 담긴 보따리들을 가지고 오시나 보다.

부산지사에서 근무하면서 쉬는 날마다 서울 집으로 올라왔는데 엄마와 나도 이런 모습을 종종 연출하곤 했다. 서울역에 도착하면 엄마가 벤치에 앉아서 기다리시다가 나를 보고 함박웃음을 지으며 반겨주곤 했다. 사나흘에 한 번씩 올라갔는데 누가 보면 몇 달 안 본 사이처럼 엄마는 매번 그렇게 날 반겨 주셨다. 그래서 그런지 올라갈 때마다 서울역에서 엄마가 기다리고 있다는 사실에 나는 가는 길이 항상 설레고 행복했다.

하루는 서울 집에서 이틀 동안 푹 쉬고 부산으로 내려가기 위해 플랫폼에서 기차를 기다리고 있는데 바로 앞에 60대로 보이는 부부가 서 계셨다. 경상도 사투리를 쓰면서 정겹게 대화를 나누는 모습이 보기가 좋아서 두 분의 대화에 귀를 기울였다.

"건물도 생기고 참 마이 변했네."

"서울 올라온 게 엊그제 같은데…"

"고생 마이 했지. 당신 진짜 고생 마이 했지…."

두 분은 서울로 상경해서 쭉 일을 하시다가 다시 고향으로 돌아가시는 중이었다. 예전 생각이 나는지 서울역과 주변을 이리저리 둘러보며 추억을 되새기고 계셨다.

이 노부부가 처음 서울역에 오셨을 때는 희망을 가득 품은 젊은 부부였을 것이다. 어렵지만 서울에 정착하기 위해 열심히 일을 하고, 아이도 낳고 공부도 가르치며 잘 키우셨을 것이다. 그동안의 삶이 어땠을지 자세히는 모르지만 기차를 기다리면서 마주잡고 있는 손을 보니 서로를 아끼고 사랑하는 마음이 여실히 느껴졌다. 기차를 타고 부산으로 내려가면서 서울역을 오고가는 많은 사람들에게는 또 어떤 다른 사연들이 있을지 문득 궁금해졌다.

서울역에 출퇴근하면서 또 한 가지 변화된 점을 발견했다. 예전에 비해 외국인 승객들의 기차 이용률이 많이 늘었다는 점이다. 먹을거리를 잔뜩 사서 들고 배불뚝이 배낭을 멘 채 기차를 기다리는 대학생 무리의 설레는 모습 옆으로 미군과 외국 승려들이 지나간다.

기차 안에서 외국인 승객들을 만나는 것이 더 이상 어색하지가 않게 되었다. 특히 관광열차에는 외국인 승객들이 많은 편인데, 도라산행 DMZ트레인에는 다양한 국적의 외국인 손님들이 매일 꾸준히 탄다. 아마도 인터넷의 발달로 관광열차 정보를 얻는데 훨씬 쉬워졌을 것이다.

어릴 때 비둘기호, 통일호 등을 타고 할머니 댁으로 가는 기차 안이 생각난다. 사람들은 복도마다 꽉 차 있고 객실은 답답하고 더웠다. 지금은 서울에서 부산까지 기차를 타고 2시간 30분이면 도착할 수 있다. 예전

같으면 상상도 못할 시간이다. 더구나 이제는 KTX가 인천공항까지 운행하면서 부산에서 인천공항까지 한 번에 갈 수 있는 시대가 되었다. 기차를 타는 여행 목적 외에 주변에 있는 몰에서 쇼핑도 할 수가 있으며, 서울역 바로 옆에 있는 대형마트는 일본과 중국 여행객들이 반드시 들르는 필수 코스가 되었다. 서울역은 이렇게 시대에 맞춰 변해가고 있다.

괴테의《파우스트》에는 "낮에 잃은 것을, 밤이여 돌려다오."라는 유명한 문구가 나온다. 비슷한 문장으로는 문학평론가 황현산 교수의《밤이 선생이다》에서 "낮에 잃은 것을 밤에 되찾는다."라는 매력적인 문장이 있다. 이 문장을 읽고 서울역의 아침과 저녁이 저절로 떠올랐다.

마지막 기차가 운행을 종료할 때까지 보이지 않는 손들이 기차를 정리하고 청소하고, 수리한다. 서울역은 저녁 늦은 시간이 되면 비교적 조용하고 한산해진다. 아침에는 서울로 출근하는 사람이 많고, 저녁에는 서울에서 퇴근하는 사람들이 많다. 날이 어둑어둑해지면 개미들이 일을 끝내고 자신의 집으로 일제히 돌아가는 것처럼, 사람들도 저녁이 되면 기차를 타고 사랑하는 사람이 기다리는 집으로 돌아간다.

낮에 열심히 일하고, 공부하며 일상에 지친 사람들에게 밤이란 얼마나 달콤한 시간인가. 얇은 비스킷처럼 작은 상처에도 쉽게 부서져 버리는 우리에게 밤이란 얼마나 고마운 것인가.

기다림과 반가움. 아쉬움과 기대감.

서울역에는 이런 단어들로 설명할 수 있는 얼굴들이 가득하다.

호기심
많은 여자

"요 병치 입같이 작은 게 말을 이렇게 잘하누!"

외할머니는 자주 이렇게 말씀하시며 내 엉덩이를 토닥이셨다. 내가 말을 하기 시작하면서 질문이 너무 많아 엄마 아빠가 피곤하셨다고 한다.

"뭐가 그렇게 궁금한 게 많은지, 아빠가 모르는 질문이 나오면 곤란해서 혼났다니까."

어릴 때부터 이 책, 저 책 가리지 않고 많이 읽어서 그런지 궁금한 것도 많고, 알고 싶은 것도 정말 많았다. 부모님이 오빠에게 선물했던 《과학백과사전》을 읽고 책에 나온 대로 실험을 해보기도 했다. 빛에 따라 물에 들어가 있는 수저가 반쯤 휘어져 보일 수 있다는 문장을 읽고 밥그릇, 국그릇 할 거 없이 죄다 꺼내서 보리차를 붓고 수저를 한 개씩 넣어놨다. 거실에 쭉 놓고 아무리 이리저리 살펴도 수저가 휘어 보이지 않자, 밖으로 가지고 나가다가 온 집안을 물바다로 만든 적도 있다.

기차 승무원, 그중에서 관광열차 승무원을 선택한 것도 매사에 궁금

하고 호기심 많은 성격이 한몫을 했다. 회사에 다니다가 뒤늦게 편입을 하고, 중국 교환학생을 다녀오고 나서 다시 취업전선에 뛰어들었다. 이 곳저곳 이력서를 내고 면접을 보면서 그동안 해왔던 업무와는 다른 일이 하고 싶었다. 그러기 위해서 과감히 다니던 회사를 그만두고 편입한 이유도 있었다.

여기저기 면접을 보러 다니느라 여름방학의 절반을 다 써버린 어느날, 인터넷 구직 사이트에서 특이한 채용공고를 보게 되었다.

'남도해양관광열차 승무원 모집'

이전에 KTX 승무원은 몇 번 본 적이 있고, 친하게 지내는 동생이 KTX 승무원이라 그들은 익숙했지만 '관광열차 승무원'은 난생 처음 보는 단어였다.

'관광열차 승무원? 여행 가이드 비슷한 건가?'

궁금해서 인터넷으로 정보를 검색해 봤지만 남도해양관광열차에 대해서는 자세하게 나오지 않았다. 앞서 O, V 트레인을 만든 코레일에서 5대 관광벨트를 구축해 앞으로 다양한 관광열차를 만들 것이라는 뉴스 기사를 보게 되었다. 그중 남도해양관광열차는 영호남을 잇는 관광열차로 지역 간의 화합을 의미하기도 했다.

"예지야, 남도해양관광열차 승무원이 뭐야?"

"글쎄? 나도 처음 듣는 이름인데? 베이스가 어딘데?"

"여기 보니까 부산이라고 쓰여 있어."

"부산? 그럼 부산에서 출발하는 관광열차 만드나보네."

현직 승무원인 예지도 금시초문인 것 같은 이 신비한 열차는 내 호기심을 끌기에 충분했다. 하지만 관광열차 승무원은 특수한 직업이라 그런지 정보가 부족했다. 어떤 인재상을 원하고, 자기소개서는 어떤 식으로 써야 하는지 도무지 감이 잡히지가 않았다. 이전에 써 놓은 자기소개서를 토대로 이력서를 작성하고 예지에게 도움을 청했다.

"예지야, 나 자기소개서 썼는데 좀 봐줘."

"응. 그런데 언니, 관광열차 승무원은 아무래도 '끼'를 많이 보는 거 같아. 얘기 들어보니까 다른 관광열차에서는 승무원이 악기도 연주하고, 노래 부르고, 춤도 추더라고."

예지의 말을 듣고 관광열차 승무원들에 대해 조사를 하기 시작했다. 블로그들을 샅샅이 뒤지면서 관광열차 승무원이 하는 업무를 알아내기 위해 검색하고 또 검색했다. 그 결과, 관광열차 승무원의 조건은 다음과 같았다.

- 밝고 명랑한 성격
- 춤, 노래, 악기 연주, 이벤트 진행 같은 엔터테인 능력
- 외국어 실력
- 건강한 체력

이 밖에도 다양한 조건들이 있지만 이 네 가지 조건이 가장 중요하게 여겨지는 것 같았다. 조사결과를 토대로 자기소개서를 다시 작성해서 제출했다. 이력서를 최종 제출하고 나서 남도해양관광열차에 대해 검색을 해보니, 열차 콘셉트와 디자인을 볼 수 있었다.

"우와! 진짜 멋있다."

지금 관광열차를 보는 승객들이 그러하듯이 그때 내 입에서도 이런 감탄사가 흘러나왔다. 아직 실물이 나오기 전이라 그림으로 그린 기차의 외관은 나를 단번에 사로잡을 만큼 화려하고 아름다웠다.

'이렇게 멋있게 생긴 기차에서 일하면 어떤 기분일까? 정말 근사하겠지?'

서류 발표를 기다리면서도 내 머릿속에는 온통 기차 생각뿐이었고, 기차 승무원이라는 직업이 참 매력적으로 다가왔다. 전국으로 이어진 철길을 따라 기차를 타고 대한민국 이곳저곳을 다니는 직업. 자동차로 갈 수 없는 곳까지 철길은 이어져 있고, 사시사철 변하는 사계절을 몸소 느낄 수 있는 직업. 게다가 이전에 없는 새로운 직업이라는 점이 가장 끌렸다.

'꼭 합격하고 싶다. 관광열차 1호 승무원. 생각만 해도 멋진 걸!'

나의 진심이 전해졌을까. 감사하게도 서류합격을 해서 바로 실무와 임원 면접을 보게 되었다. 면접 보러 가는 당일까지 아무에게도 사실을 말하지 않았다. 혹시라도 불합격할까 하는 두려움이 있었기 때문이었다. 면접장에 도착해서 둘러보니, 내 나이가 제일 많았다.

'나이는 제일 많지만, 그래도 액면가는 비슷해 보일거야.'

애써 자기암시를 해가며 침착하게 면접을 봤고 결국 최종 합격을 하게 되었다.

'고객님 표정이 안 좋으신데, 자리가 불편하신가?'

'저 외국인 손님은 한국에 언제까지 계시려나? 다른 관광열차도 추천해드려야겠다.'

'관광지 안내를 더욱 효율적으로 할 수 있는 방법이 없을까?'

'이번에 새로 만든 게임 이벤트가 재미있을까?'

관광열차 승무원으로 근무하면서 나의 호기심은 특히 빛을 발한다. 신기하게도 함께 일하는 동료들 대부분은 나와 같이 호기심이 풍부한 성격을 가지고 있다.

사람의 심리 중에 호기심은 참 오묘한 매력이 있다. 호기심을 잘 활용하면 삶에 대한 열정과 추진력을 이끌어 낼 수가 있지만 잘못 사용하게 되면 '소돔과 고모라' 이야기에 나오는 '롯의 아내'처럼 돌이 될 수도 있기 때문이다.

남도해양관광열차 S트레인 승무원으로 근무를 하다가 DMZ트레인 승무원으로 지원하게 된 것도 나의 호기심에 의한 결과였다. 5대 관광벨트 중 가장 관심이 간 곳이 평화생명벨트인 DMZ트레인이었다. 두 곳의 관광열차를 타고 나서야 나의 호기심에 감사하게 되었다. 남들에게는 아직 생소하게 느껴질 수 있는 관광열차 승무원이라는 직업을 가지고 대한민국의 가장 특별한 곳을 기차를 타고 누비는 그 짜릿함이란 겪어보지 않은 사람은 아무도 모른다.

호기심은 나를 살아 있게 만드는 원동력이다. 이 호기심이 사라져버리면 일상에 아무런 흥미도 못 느낄 것이다. 그런 의미에서 매일 다양한 승객들을 만나고 언제 무슨 일이 벌어질지 모르는 시트콤 같은 기차 승무가 너무나 달콤하게 느껴진다.

책상 아래
빨간 캐리어

"돌돌돌!"

기차에 승무하기 위해 캐리어를 끌고 역사 안을 지나간다. 승무원의
캐리어 안에는 무엇이 들어 있을까?

내 경우에는 대기시간에 메이크업을 수정하기 위한 화장품 도구와 머
리 망, 여분의 스타킹, 칫솔세트, 방송 문안, 물병, 메모지, 필기도구, 무
릎담요, 물티슈 등이 들어 있다. 웬만한 물건들은 다 들어 있어서 승무원
의 캐리어는 꼭 만물상 같다.

2000년 초반 '요조숙녀'라는 드라마에서 배우 김희선씨가 비행기 승
무원 역을 연기했다. 늘씬하고 예쁜 여배우들이 유니폼을 입고 캐리어
를 끌고 가는 모습이 참 멋져 보였다. 가방에 바퀴를 달 생각을 누가 했
는지 몰라도, 정말 획기적인 발명품이라는 건 확실하다. 특히 승무원들
에게 캐리어는 어떤 명품가방보다 더 잘 어울리고 실용적이다.

캐리어는 내가 가지고 있는 가방 중에서 가장 애착이 가고 특별하게

느껴진다. 이전 회사에 다닐 때 나의 가장 큰 기쁨은 여행을 떠나는 것이었다. 스물두 살 때부터 사회생활을 해왔기 때문에 예전에는 나 자신을 위해 시간 쓰는 법을 잘 몰랐다. 집과 회사를 왔다 갔다 하며 열심히 근무하고 맛있는 점심을 먹고, 가끔 친구들과 저녁 약속을 가지는 정도였다.

같은 회사 선배 중 주말과 연차를 이용해서 여행을 자주 다니던 언니가 있었다. 매번 여행에서 돌아올 때마다 엽서와 볼펜, 열쇠고리, 냉장고 자석 같은 기념품을 사다주곤 했다.

"언니는 외국여행 많이 다녀봐서 좋겠어요. 저는 언제 가볼까요?"

회사 구내식당에서 점심을 먹고 근처 카페에서 라테를 휘휘 저으며 한숨을 쉬는 나에게 언니는 웃으며 말했다.

"여행이라는 건 돈 생기고 시간만 있으면 가는 거야. 우리는 같은 회사에 다니고 있는데 네가 못 갈 이유가 뭐가 있니?"

선배의 말에 신선한 충격을 받았다. 같은 회사를 다니며, 같은 시간이 주어지고, 일정한 날에 똑같이 월급이 나오는데, 왜 나는 안 된다고 생각했을까?

'그래, 올해 여름휴가는 해외여행이다!'

그날 바로 여행사 홈페이지에 들어가서 '초보자에게 적합한 여행지'를 검색했다. 결과를 추려보니 동남아와 일본, 중국으로 압축이 됐고 정보 입력을 위해 대학생 때 만들어 놓은 여권을 찾아봤다. 졸업하고 회사에 다니면 멋지게 해외여행을 할 생각에 혼자 시청에 가서 만든 여권이었다. 들뜬 마음에 여권을 펼쳐보니, 아뿔싸! 단수 여권이라 이미 만기가 되었다. 그때 느낀 허탈감이란…. 고기도 먹어 본 사람이 먹는다고 안 하던 해외여행을 하려고 하니 준비되어 있는 게 아무것도 없었다.

결국 새로 여권 발급신청을 해놓고 다른 여행지를 생각했다. 이리저리 여행안내 책과 인터넷으로 알아보다가 가깝지도 멀지도 않은 아름다운 그곳, 제주도가 떠올랐다. 스물넷의 나에게는 제주도가 처음이었다. 부모님은 이미 여러 번 다녀오신 곳이라 구석구석 잘 아시겠다 싶어서 얼른 내 여행의 동반자로 끌어들였다.

부모님과 함께 떠나는 여행이니 모든 것을 가장 좋은 것으로 준비하고 싶었다. 부모님은 딸이 번 돈으로 여행을 가기가 미안하셨는지 처음에는 반대하다가 막상 여행을 하고 나시더니 십년이 지난 지금까지도 딸 자랑거리 단골 소재가 됐다. 그 후로 나에게 여행이란 '나중에'가 아니라 '지금 당장'으로 바뀌었다.

두 번째 회사로 옮기면서 나의 여행놀이에 불이 붙었다. 새로 옮긴 회사에서는 비서로 근무하게 되었는데 모시는 임원이 참 인자하고 성품이 좋은 분이셨다.

"세영씨, 내가 출장 가면 세영씨도 마음 놓고 쉬어요. 눈치 보지 말고."

출장을 가실 때마다 이렇게 말하며 배려해 주셨다. 비서라는 업무는 모시는 임원에 따라서 스케줄이 변동될 수 있기 때문에 다른 쪽으로 보면 여행을 좋아하는 나에게는 최고의 조건이었다.

어느 날 친한 동생인 수정이로부터 인터넷 메신저로 쪽지가 왔다.

"언니, 내가 항공사에서 진행하는 이벤트에 당첨이 됐어. 비행기 표가 공짜야!”

그동안 여행 이벤트 행사는 가짜라고 믿던 나에게 수정이의 당첨은 정말 놀라웠다. 부럽기도 하고 신기하기도 해서 대화를 나누다가 ‘나도 가볼까?’하는 생각이 문득 들었다. 마침 부소장님의 출장 날짜와 겹쳐서 왠지 하늘이 주신 기회인 것 같았다.

그렇게 나의 첫 해외여행은 말레이시아의 코타키나발루로 시작됐다. 여행지는 결정이 되었지만 해외여행 때 무엇을 준비할지 모르는 나는 인터넷으로 검색하기 시작했다.

‘해외여행 짐 싸기’

‘해외여행 필수 아이템’

검색을 아무리 해도 도저히 감이 잡히지가 않았다. 12월에 여름 나라로의 여행준비는《오즈의 마법사》의 도로시가 되어서 모험과 신비의 나라로 떠나는 기분이었다. 수정이는 어릴 때부터 인도에서 한 달, 말레이시아에서 4개월을 살고 해외여행도 자주 다녀본 친구라 여유가 있었다.

“수정아, 나 옷이랑 수영복이랑 선글라스, 선크림, 세면도구 챙겼어. 이제 뭐 챙겨야 해?”

“언니, 그거보다 캐리어는 있어?”

“캐리어?!”

그랬다. 나는 가장 중요한 캐리어가 없었다. 무기도 없이 전쟁터에 나가는 꼴이었다. 부랴부랴 인터넷 쇼핑몰에서 캐리어를 검색했고, 평소에 좋아하는 빨간색의 캐리어를 샀다.

여행 가기 일주일 전, 캐리어를 미리 회사에 들고 와서 책상 아래 넣

어 두었다. 밤 비행기라 퇴근 후 바로 공항으로 가야 하기도 했고, 필요
한 물건들이 끊임없이 생겨서 점심시간을 이용해 물건들을 구매해서
챙겨 두었다.

"매일 여행 다니려고 미리 준비하는 거야?"

책상 아래 캐리어가 있는 것을 본 동료 직원들은 농담을 던지면서도
본인의 여행 필수품들을 빌려주거나 선물로 주기도 했다.

우여곡절 끝에 코타키나발루로 첫 해외여행을 가는 날, 회사 근무를

마치고 광화문에서 인천공항으로 가는 리무진 버스를 기다리는데 가슴이 두근거려서 가만히 있을 수가 없었다.

'드디어 내가 바다 건너 외국으로 가는구나!'

내 옆에서 빨갛게 빛나는 캐리어가 무척이나 예뻐 보였다. 인천공항에 도착해보니 여행을 떠나는 사람들이 정말 많았다. 그 많은 사람들은 여행하는 법을 어디서 배워 오기라도 한 걸까? 티켓팅을 하고, 라운지에 가고, 면세점에서 카트를 끌며 쇼핑하는 모습이 나 빼고 모두 자연스러워 보였다.

'그래, 앞으로 일 년에 한번 씩은 꼭 여행을 가자!'

비행기에 앉아 기내식을 먹으며 속으로 다짐했다. 처음 먹어보는 기내식은 생각보다 맛있어서 수정이 밥까지 뺏어 먹고 승무원 언니에게 맥주와 땅콩도 여러 번 받아먹었다.

코타키나발루에 도착해서 TV에서만 보던 스노클링도 하고 수정이와 둘이 버스를 타고 시내를 돌아보기도 하고, 야시장에도 가보면서 그곳의 정취에 흠뻑 빠졌다. 즐거운 3일을 보내고 일상으로 돌아오니 여행이 끝난 후유증이 정말 컸다. 일주일 정도는 코타키나발루의 바다와 맛있는 해산물들이 눈앞에 아른거렸다.

수정이와는 호주까지 두 번의 여행을 함께 했는데, 다행히 입맛과 돈 씀씀이가 비슷해서 여행하는 내내 정말 즐거웠다. 여행할 나라를 선정하는 것도 중요하지만 그만큼 함께 여행하는 사람도 중요하다는 것을 깨달았다.

홍콩의 망고 주스와 운동화 마켓, 마카오의 에그 타르트, 호주의 팬케이크와 사막썰매, 니모와 함께 했던 세부. 중국의 훠궈와 망고스틴. 일본의 햄버거와 복숭아 맛 맥주 등. 여행지에서 내가 기억하는 특별한 추억들이다.

바다 건너 저 편에는 무엇이 있을까 늘 궁금했던 어린 시절이 있었다. 그래서 그런지 내가 살지 않는 낯선 곳으로 가는 그 느낌이 정말이지 참 좋다. 여행 가는 나라가 하나씩 늘어나면서 나의 짐 싸는 기술도 점점 발전했고, 책상 아래에는 늘 빨간 캐리어가 놓여 있었다.

마치 천장에 굴비 한 마리를 달아 놓고 밥 한 수저 뜰 때마다 한 번씩 쳐다 본 '자린고비' 이야기처럼, 가끔 답답할 때마다 책상 아래 빨간 캐리어를 보면 기분이 좋아졌다. 일을 하다가 발로 툭 건들면서 "조금만 기다려, 언니랑 또 멀리 놀러가자."라고 말을 걸어보기도 했다.

그렇게 애지중지 하며 예뻐한 내 빨간 캐리어는 호주 여행을 끝으로 손잡이가 끊어지면서 생을 다했다. 나와 함께 3개국을 다녀온 내 빨간 캐리어. 바퀴와 지퍼가 튼튼하고 짐이 많이 들어가서 참 고마웠던 내 빨간 캐리어. 매일 책상 아래 누워서 다음 여행을 기다렸을 것이다.

그 후 다른 캐리어를 새로 샀지만 처음만큼 정이 가지는 않는다. 아직도 비슷하게 생긴 빨간 캐리어를 보게 되면 나의 첫 여행시절이 떠올라 잠시 추억에 빠진다. '처음'이라는 단어를 붙이면 모든 것이 특별해진다.

첫 학기. 첫 등교. 첫 사랑. 첫 이별. 첫 월급.

내 빨간 캐리어는 나의 '첫 해외여행'에 함께해준 내 '첫 여행가방'이었다.

오늘도 난
그대의 연예인

"고객님 안녕하세요. 저는 오늘 방송을 맡게 된 DJ승무원 정세영입니다. 국내에서 유일하게 민간인 통제구역 안으로 들어가는 DMZ트레인에 오신 여러분, 오늘 저와 함께 아주 뜻깊은 하루를 보내시길 바랍니다."

마이크를 잡은 내 손이 덜덜덜 떨렸다. DMZ트레인은 총 3량으로 2호차에 스낵바와 방송실이 같이 붙어 있다. 그것도 방송실은 뻥 뚫린 채로 승객들과 아이컨택을 아주 제대로 할 수 있는 위치이다.

인천 월미도에는 유명한 놀이기구인 '디스코'가 있다. 사람들은 디스코를 타러 오기도 하지만, 이 놀이기구를 작동하는 DJ를 보기 위해 일부러 오기도 한다. 놀이기구 옆에 있는 조그만 부스에서 방송을 하는데, DJ의 한마디에 손님들은 자지러지며 웃는다.

우리 열차 안에 있는 방송실도 이와 비슷한 구조다. 승객들의 표정과 반응을 바로 볼 수 있기 때문에 방송 승무원의 부담감은 엄청나게 크다.

방송실에 앉아 마이크를 잡고 첫 방송을 하는 그 순간, 너무 긴장해서 그럴까? 머리가 하얘지고 눈앞에 있는 대본에 쓰인 글씨가 흐리게 보였다.

'스피커를 통해 들리는 내 목소리가 작지 않나?'
'이 부분에서는 어떤 노래를 틀어야 하지?'
'이 단어가 맞는 단어일까? 다시 고쳐야 하나?'

방송을 하는 내내 수십 개의 질문과 자책이 머릿속을 떠나지 않았고, 무슨 정신으로 방송을 끝냈는지 기억나지 않는다.

처음 S트레인 승무원으로 입사하고 가장 중요하게 교육 받은 것은 이벤트와 방송 연습이었다. 관광열차 승무원의 조건으로 '끼'를 중요하게 보는 이유는, 매일 새로운 승객들 앞에서 이벤트를 진행해야 하고, 승객들의 공감을 이끌어 낼 감성적인 방송을 해야 하기 때문이다. 모르는 사람들 앞에서 웃으며 게임을 진행한다는 건 정말 '손발이 오글거린다.'라는 표현이 딱 알맞다. 수줍음이 많은 20대 초반의 동기들에 비해 사회 경험이 좀 더 있는 나도 부담이 컸지만, 내가 떨면 동기들도 긴장을 할 거 같아서 동생들 앞에서 일부러 태연한 척했다.

"내가 먼저 가위바위보 게임 진행할 게. 서로 모니터링 해주자."

이벤트용 머리띠와 반짝이별이 그려진 망토를 목에 걸고 조심스레 승객들이 있는 객실로 갔다. 객실 맨 앞에 서서 주먹을 꼭 쥐고 큰 소리로 말했다.

"안녕하십니까. 저는 오늘 이벤트 진행을 맡게 된 S트레인 승무원 정세영입니다."

꾸벅 인사를 하고 나니 승객들의 눈이 일제히 나를 향해 쏠렸다. 심장이 두근거렸지만 밝게 웃으면서 게임을 진행해 나갔다.

"여러분들 기차 타기 전에 저희 S트레인의 기관차를 보셨나요? 아주 위대하신 분과 관련된 어떤 것을 형상화 한 것인데요, 정답을 아시는 분은 오른손을 번쩍 들고 'S트레인!' 하고 외쳐 주세요!"

혹시나 차가운 반응이 돌아오면 어쩌나 했던 내 걱정과 달리, 여기저기서 손을 들고 큰소리로 "S트레인!" 하고 외치는 승객들이 보였다. 순간 얼마나 기쁘고 다행이던지 전날 이벤트 걱정에 한숨도 못 잔 두려움과 걱정이 순식간에 사라졌다. 그 후로 점점 익숙해지면서 승객들과 농담도 주고받을 정도가 되었고, 수줍어하던 동기들도 시간이 지나면서 능숙하고 센스 있게 이벤트 진행을 하기 시작했다.

이벤트 진행을 하다 보니, 늘 사람들 앞에서 말해야 하는 레크리에이션 강사, 아나운서, 연예인들이 참 대단하게 느껴졌다. 퇴근 후 집에 돌아오면 이벤트 진행과 방송 연습을 위해서 거울을 보며 연습하고, 방송에서 나오는 개그맨과 아나운서의 진행 모습을 유심히 관찰하기도 했다.

새롭게 DMZ트레인 승무원으로 발령이 나고, 한 달 정도 새로운 기차에 맞는 교육을 받았다. 이번에는 이벤트 교육이 한층 강화되었다. 교육받는 내내 참신하고 재밌는 이벤트를 만들어 내기 위해서 함께 일하게 된 세 명의 선배들과 한 달 동안 머리를 맞대고 구상을 했다. 다른 관광열차의 이벤트를 벤치마킹하기 위해서 O트레인과 V트레인, 바다열차로 견습을 가기도 했다. 하지만 아무리 선배들의 이벤트 진행 모습을 지

켜봐도 우리 기차만의 특색 있는 이벤트가 도무지 떠오르지가 않았다. 선배들의 능수능란한 스토리텔링과 이벤트 진행 능력은 보는 우리로 하여금 자신감이 떨어지게 만들었다.

우리가 이렇게 자신감이 없어지고 걱정이 많아진 데에는 다 이유가 있다. CDC 동차를 개조한 DMZ트레인은 객실마다 모니터가 있고 사방이 뻥 뚫린 방송실에서 음악과 영상을 수동으로 송출한다. 창밖으로 지나가는 풍경들을 그때그때 스토리텔링으로 설명하고 이벤트 시간에는 국민 MC 유재석 뺨치는 실력으로 진행을 해야 하는데, 이 모든 작업을 방송 승무원 혼자서 한다고 생각하니 앞이 캄캄했다.

방송 승무원이 해야 할 일은 다음과 같다. 승무 신고를 하고 기차에 오르면 먼저 방송실에 들어가 방송기계와 노트북을 연결하고 마이크를 점검한다. 그 다음 각 호차마다 모니터에 문제가 없는지 영상과 음악을 틀어 확인한다. 자리를 찾느라 어수선한 객실 내에 잔잔한 음악을 깔고 미리 만들어 놓은 PPT 안내 문구를 모니터에 띄운다.

기차가 출발하면 관광안내와 함께 필요한 서류작성법을 고지하고 정차 역 주변의 볼거리들을 스토리텔링으로 녹여낸다. 기차 이용안내를 하고 편의시설인 스낵바 홍보방송을 한다. 중간 중간 승객들의 사연과 신청곡을 받아 예쁜 목소리로 사연도 읽어 드린다. 이벤트 시간에는 모니터를 활용해서 각 호차의 상황을 생생하게 보여 주고 참여하러 나온 승객들과 인터뷰도 갖는다.

이렇게 방송 승무원으로 하루 동안 승무를 하고 나면 내가 정말 라디오 DJ가 된 것 같은 기분이 든다. 기차 승무원으로 이런 업무를 할 거라고는 상상도 못했는데, 조금 독특한 내 업무와 직업이 참 마음에 든다. 이벤트 진행시 같이 일하는 동료 승무원들과는 이제 한 몸처럼 손발이 척척 맞는다.

마이크를 잡은 손이 이제는 더 이상 떨리지 않는다. 처음에는 대본을 읽으면서 버벅거리기도 하고 발음도 틀리고 했는데 지금은 대본 없이 승객들의 눈을 보고 자연스럽게 말을 하고 이벤트를 진행하면서 애드리브를 치기도 한다.

집에 있는 사진 앨범 중에는 네 살짜리인 내가 마이크를 잡고 입을 크게 벌리고 있는 모습을 찍은 사진이 있다. 엄마는 이때를 회상하며 "말도 못하는 애가 마이크만 잡으면 신나서 노래를 부르곤 했지. 알아들을 수 없는 말로 노래하는데, 아주 웃겼어."라고 하신다. 선견지명이었을

까? 이렇게 마이크를 매일 잡으면서 근무를 하게 될 줄이야.

승객들이 가장 신나는 순간은 객실 내 모니터로 인사를 나누는 시간이다. 각 호차를 모니터로 비추면서 인사를 나누는데, 진짜 TV에 나오는 걸로 착각하신 어떤 아주머니 승객은 놀라서 황급히 선글라스와 모자를 쓰며 얼굴을 가려서 기차 안이 웃음소리로 한바탕 들썩인 적도 있었다. 아이들은 모니터에 비친 모습이 신기한지 모니터 앞을 떠나지 않는다.

'그대의 연예인이 되어 항상 즐겁게 해줄게요. 연기와 노래, 코미디까지 다해줄게. 그대의 연예인이 되어 평생을 웃게 해줄게요. 언제나 처음 같은 마음으로. 난 그대의 연예인.'

가수 싸이의 연예인이라는 노래 가사는 지금 내가 하는 업무를 대변해주는 느낌이다. 비 오는 날에는 감미로운 음악과 목소리로 좋은 글이나 사연을 읽어 드리고, 날씨가 좋은 날에는 신나는 음악으로 기차 분위기를 한층 더 밝게 만든다.

명절에는 가족 같은 마음으로 예쁘게 사진을 찍어 드리고, 아이들에게는 걸 그룹 같은 깜찍한 표정으로 이벤트를 해준다. 국경일에는 관련된 내용의 스토리텔링으로 의미를 되새길 수 있는 시간을 가지고 민통선 구역을 설명하며 안보의식의 중요성을 알리기도 한다.

나는 대한민국 1호 관광열차 승무원이자 '승객들의 연예인'이다.

지뢰를
찾아주세요

"빰빠밤~빠바바밤~"

기차 안에 아주 익숙한 음악이 흘러나온다. 이 음악이 나오면 기차 안에 있는 모든 승객들이 웅성 웅성거리고 자고 있던 승객도 스르륵 눈을 뜬다. 바로 9시 뉴스 오프닝 시그널이다. 익숙한 음악을 뚫고 조금 다급한 승무원의 목소리가 들린다.

"고객 여러분 속보가 들어왔습니다! 지금 우리 열차에 평화를 위협하는 지뢰가 숨겨져 있다고 합니다. 승객 여러분들의 의자 밑이나 벽, 천장 등을 잘 살펴 봐주시기 바랍니다. 평화열차의 평화를 지켜주실 용사님을 모십니다!"

DJ승무원의 방송에 승객들은 재미있다는 표정으로 일제히 일어나 지뢰를 찾기 시작한다. 의자 밑을 보기 위해 바닥에 무릎을 꿇고 엎드리거나, 출입문 계단같이 눈에 띄지 않는 곳을 샅샅이 뒤지는 손님도 계신다. 가끔은 "언니, 어디 숨겼어? 살짝 귀띔 좀 해줘 봐."라며 컨닝 아닌 컨닝을 하시려는 어머니 승객 때문에 웃음을 짓기도 한다.

'지뢰 찾기' 이벤트를 처음 생각했을 때는 말 그대로 기차 안에 숨겨 놓은 지뢰 종이를 찾는 것이었다.

승무원들이 열차 내에서 하고 있는 이벤트 중 몇 가지를 소개해본다.

첫째, 지뢰 찾기 / 두루미 찾기

손바닥만한 사이즈의 지뢰와 두루미 사진을 객실 내 바닥이나 벽, 의자 밑, 천장 등 눈에 안 띄게 붙여 놓는다. 도라산행은 지뢰 찾기, 백마고지행은 두루미 찾기를 한다. 객실마다 한 개씩 숨겨 놓아서 총 3명의 승객을 모시고 간단한 인터뷰와 함께 또 다른 미니게임을 해서 승자를 가린다.

둘째, 절대음감

몇 가지의 단어가 적힌 종이를 뽑아서 한 음절씩 올리며 노래하듯 읽는 것. '모나리자' 게임이라고도 불린다. 레벨은 중급과 상급이 있는데 중급은 네 글자이고 상급은 다섯 글자이다.

'안돼요안돼'와 '김삿갓삿갓'에서 많은 분들이 탈락한다.

셋째, 돌발퀴즈

상식퀴즈와 난센스퀴즈로 나뉘는데 상식퀴즈는 DJ승무원의 방송내용을 문제로 낸다. 난센스 퀴즈는 '주머니는 주머니인데 쓸 수 없는 주

머니는?[1] 이나 '고기를 먹으면 항상 따라오는 개는?[2] 등의 쉽고 재밌는 문제를 낸다. 선착순으로 문제를 맞힐 수 있는 기회를 주기 때문에 경쟁이 치열하다.

넷째, 초성퀴즈

---

1 아주머니
2 이쑤시개

'ㅇㄲ'[3], 'ㅈㄷㅇ'[4] 등 자음으로 단어를 유추하는 게임. 힌트는 객실 안에 있는 그림이나 DMZ트레인과 관련된 문제를 낸다.

다섯째, 평화 사진전

열차에서 하는 이벤트 중 가장 호응이 좋으며 모든 사람이 참여할 수 있는 메인이벤트.

승무원이 각 호차를 다니며 승객들의 사진을 카메라에 담는다. 재밌거나 특이한 포즈를 지어주는 승객의 사진을 베스트 컷으로 선정해서 푸짐한 상품과 함께 사진 인화도 해드린다.

이밖에 페이스페인팅과 풍선아트, 청기백기 게임, 사연소개 등 객실 내에서 하는 다채로운 이벤트 덕분에 처음에는 조금 서먹한 기차의 분위기가 점점 훈훈해지고 가끔은 각자 오셔서 친구가 되어 돌아가시는 손님들도 계신다.

관광열차 승무원이 되기 전에는 기차에서 이벤트를 한다는 생각을 전혀 하지 못했다. 그동안 기차여행은 창밖의 풍경을 구경하거나 옆 사람과 대화를 나누고 같이 온 친구들끼리 게임을 하는 정도였다. 이제는 관광열차가 하나 둘씩 생겨나면서 특별한 기차 모양만큼 특색 있는 이벤트로 승객들의 기차여행을 더욱 소중한 추억으로 만들어 주고 있다.

---

3 연꽃. DMZ 트레인의 객실 바닥에 있는 그림은 임진각 평화누리 공원의 연꽃을 그려 놓았다.

4 장단역. 임진각 관광지에 있는 녹슨 기관차는 군수물자를 운반하던 중 피폭 탈선되어 장단역에서 멈춰 섰다.

이벤트를 하다 보면 할아버지 손님과 외국인 손님의 참여도가 낮다. 퀴즈 같은 경우 외국인 승객에게 단어 설명을 하기 위한 시간이 많이 걸리기 때문에 주로 지뢰 찾기와 사진전 이벤트를 권한다. 어르신 손님들은 승무원인 우리가 먼저 다가가 사진도 찍어드리고 퀴즈 참여하시라고 권유하면 괜찮다고 손사래를 치면서도 금방 함박웃음을 지으신다.

어느 날은 혼자 오신 할아버지 손님이 맥주를 두 캔 드시고 기분이 좋으셨는지 이벤트 시간에 흘러나오는 노래에 맞춰서 발로 박자를 밟으셨다. 그 모습이 흥겨워 보여 다가가니 조금 주저하시면서 나에게 오래

된 폴더 핸드폰을 내미셨다.

"내가 이런 기차를 처음 타봐서 그러는데, 사진 한 장만 찍어줘요."

할아버지는 이렇게 말하시고는 쑥스러워 하며 옷매무새를 정돈하셨다. 오랜만에 잡아본 폴더 핸드폰의 감촉은 내 향수를 불러 일으켰다.

지금은 스마트 폰에 성능 좋은 카메라가 달려 있어서 언제 어디서든 사진을 찍을 수가 있지만, 예전 폴더 핸드폰은 사진을 찍는데 한계가 있었다. 멀리 있는 풍경을 찍고 싶어도 줌 기능은 한정되어 있고 화질도 떨어졌다. 게다가 사진을 찍다보면 앨범 용량이 초과되었다는 메시지가 나와서 주기적인 사진정리가 필수였다.

잠시 옛 기억을 떠올리며 할아버지의 모습을 핸드폰에 여러 장 담아 드렸다. 핸드폰 앨범 보는 방법과 카메라 작동 방법을 알려 드렸더니 연신 고맙다며 고개를 숙이셨다.

혼자 오시는 할아버지, 할머니 승객 분들과 몇 마디 나누다 보면 그동안 얼마나 사람을 그리워하셨는지 느낄 수가 있다.

"고객님, 어디까지 가세요?"

"나 도라산 가."

"왜 혼자 오셨어요? 식사는 하셨어요?"

"할멈은 작년에 하늘나라 가고 나 혼자 왔지. 밥은 집에서 먹고 나왔어."

"네, 필요하신 거 있으면 저 불러주세요."

"응응, 고마워. 아주 고마워."

몇 마디 나누지 않았지만 이런 짧은 대화에도 참 좋아하고 고마워하신다. 그런 모습을 볼 때마다 관광열차 덕분에 어르신들의 여가생활이 조금은 다채롭고 즐거워진 것 같아 다행이라는 생각이 든다.

기차가 서울역에 도착하고 환송인사를 하러 기차 앞으로 나가면 모든 승객들이 나를 보고 손을 흔들며 인사를 해주신다. 승객들에게 나는 소중한 추억을 안겨준 특별한 승무원이리라. 그래서 마지막 인사를 나눌 때는 승객과 나눴던 대화를 떠올리며 인사를 드린다.

"어머님 건강하시고 다음엔 친구 분들하고 다시 놀러오세요."

"안녕히 가세요. 오늘 주신 과일 정말 잘 먹었습니다."

"대구에서 여기까지 오시느라 수고 많으셨어요. 정말 감사합니다."

"고객님, 면접 잘 보시고 다음에 꼭 후기 들려주세요."

그분들로 하여금 승무원의 기억에 남는 특별한 승객이었다는 생각이 들도록 인사를 드린다. 그리고 이건 내 진심이기도 하다.

매일매일 많게는 300명이 넘는 승객들을 만나고, 승무하는 동안 모두의 얼굴을 기억할 수 없는 것이 사실이다. 하지만 최대한 승객들에게 대화를 걸고, 이벤트 진행 때 일부러 인터뷰를 하면서 승객의 이야기를 듣는다.

부디 우리 열차에서 이루어진 모든 이벤트들이 모든 승객들에게 하루를 지내다 문득 떠오르는 아름다운 추억이 되었으면 하는 바람이다.

백마고지를 넘어서
유럽까지

　부산역에서 백마고지역까지. 일 년 동안 기차를 타고 전국의 수많은 역을 다녀왔다.

　모든 역들이 다 아름다운 추억으로 남지만 도라산역과 백마고지역은 유난히 나에게 특별하게 다가온다. 이 두 역은 아픈 손가락처럼 기차를 타고 갈 때마다 마음 한편이 서늘해진다.

　세계 유일한 분단국가. 최대 접경지역까지 매일 가게 되는 우리 기차. 많은 승객들이 실향민이거나 참전용사들이다. 지난 추석에는 실향민들을 단체로 모시고 임진각 망배단에서 합동 차례를 지내는 행사를 가졌다. 다들 백발이 성성하고 한눈에도 연세가 많아 보이는 어르신들이었다. 직접 볼 수는 없지만, 가족이 있는 이북과 조금이라도 가까운 곳으로 갈 수 있다는 사실에 표정만은 굉장히 밝아 보이셨다.

　가끔 학생 단체들이 오기도 하는데 아이들에게는 전쟁이라는 단어가 낯설게 느껴지는 것 같다. 안보관광을 다녀온 학생들에게 "땅굴 가보니 어땠어요?"라고 물으면 "재밌었어요."라는 천진난만한 답이 돌아온다. 전쟁을 겪어보지 않은 아이들에게 남침의 증거인 땅굴이 재미로 느껴지는 현실이 안타까워서 아이들의 안보의식을 높이는데 우리 열차가 도움이 되길 바라는 마음이 든다.

DMZ트레인이 다른 관광열차와 조금 다른 점이 있다면, 아무나 갈 수 없는 특별한 곳으로 기차를 타고 간다는 점을 들 수 있다. 마냥 즐겁고 신나게만 관광을 즐길 수 없는 것은 관광지 곳곳에 전쟁의 상흔과 아픔이 묻어나기 때문이다. 승무원들도 방송을 할 때 멘트나 음악 선정에 심혈을 기울인다. 신나는 댄스곡이나 트로트 등은 웬만하면 이벤트 타임 때만 잠깐씩 배경음악으로 틀어드리고 그 외에는 피아노 연주곡이나 잔잔한 발라드, 팝송을 틀고 있다.

도라산행 열차와 백마고지행 열차에 타면 아주 특별한 경험을 할 수가 있다. 도라산역을 가기 위해서는 6.25 전쟁 이전부터 이 지역을 책임지고 있는 육군 1사단의 허가가 필요한 관계로 임진강역에서 헌병이 인원 점검을 한다. 도라산역이 민간인 통제구역 안에 있기 때문에 만약 100명이 들어가게 되면 나올 때도 100명이 모두 나와야 한다. 체류할 수 있는 시간은 최대 4시간으로 해가 지기 전에 모두 나와야 한다.

가끔은 오후 늦게까지 도라산역에서 관광하다가 나가겠다고 떼를 쓰는 승객들도 있다. 분명 우리나라지만 시간제한이 있고 단독 행동이 절대 허용되지 않는 곳이다. 외국인들이나 어린 학생들은 이런 모든 과정이 흥미롭기만 해 보인다.

2014년 여름에 DMZ트레인 백마고지행 열차가 개통됐다. 백마고지역을 가는 도중에 한탄강역을 지나가게 되는데, 승객들은 이때 특별한 체험을 하게 된다.

"잠시 후 우리 열차는 38선 안으로 진입하게 됩니다."

38선이라고 적힌 커다란 경계비 옆을 우리 기차가 지나가게 되면 승객들은 놀라면서 하던 행동을 잠시 멈추고 일제히 창밖을 본다. 38선 안쪽으로 기차를 타고 갈 수 있는 경험이 새로울 것이다.

백마고지행 열차 개통식을 맞아 승무원들도 함께 철원 지역 투어에 나섰다. 철원은 6.25 이전에 북한 지역이었는데, 백화점도 있고 높은 건물들이 많은 번성한 도시였다고 한다. 그렇게 화려하던 도시가 전쟁으로 인해 폐허가 되었다는 말을 듣고 참 가슴이 아팠다.

영화 '고지전'의 배경이기도 한 백마고지. 12번에 걸쳐 24번의 고지 주인이 바뀐 최대 격전지를 현역 병사로부터 직접 설명 듣고 드디어 백마고지를 마주하고 섰다. 영화를 보며 안타까워서 많이 울었던 기억이 나는데, 직접 눈으로 보니 감회가 새로웠다. 청명한 날씨가 오신 분들의 마음을 사로잡았다. 백마고지역에 도착하면 행선지에 이렇게 쓰여 있다.

'철마는 달리고 싶다 - 백마고지역 - 신탄리역'

플랫폼 끝으로 가면 철도 중단 점이 있고 철길은 끊긴다. 승객 분들은 기차에서 내리면 이 모습을 카메라에 담고 다시 관광을 위해 연계 버스에 오른다.

서울과 신의주를 잇는 철도가 경의선이고, 서울과 원산을 잇는 철도가 경원선이다. 나는 북한을 지나 유럽으로 갈 수 있는 두 개의 역을 매일 다니는 것이다.

"우리 열차는 잠시 후 마지막 역인 백마고지역에 도착합니다."

종착역을 앞두고 정차 역 방송을 하자 앞에 앉아 계시던 한 할아버지께서 말씀하셨다.

"백마고지역이 종점이야? 그냥 더 가지. 계속 가버리자구!"

할아버지의 말에 객실에 앉아 계신 승객들이 모두 한바탕 웃으셨다. 할아버지의 말씀처럼 그런 날이 온다면 얼마나 좋을까?

도라산역에 있는 국제선 승강장에는 '임진강-도라산-개성'이라고 적혀 있다. 도라산역은 유일하게 국제선이 있는 역으로, 해외여행 때 공항을 이용해 출입국 수속을 밟는 것처럼 기차를 타고 북측으로 가거나 해외로 나갈 때 이곳에서 'CIQ'라는 검사를 받는다. 법무부 직원의 출입심사, 세관직원의 물품검사, 검역직원의 몸 상태 확인 절차를 거쳐야만 북쪽으로 갈 수가 있다. 도라산역의 맞이 방으로 들어가면 오른쪽에 유리벽으로 된 곳이 있고 그 위에는 '출경'이라고 적혀 있다. 이곳에서 CIQ 검사가 이루어진다.

주말을 이용해서 초등학생 단체가 기차 한 대를 전세내서 탄 적이 있는데 모두 손에 여권을 하나씩 들고 있었다. CIQ 체험을 하기 위해서 특별히 만든 여권으로, 선생님이 우리 승무원에게도 한 개씩 선물로 주셨다. 진짜 여권처럼 사진을 붙일 수도 있고 사증을 찍을 수 있는 칸도 마련되어 있었다.

출경하는 곳은 도라산역에서 근무하는 직원들도 못 들어가 본 곳이어서 우리도 무척 기대가 됐다. 도라산역에 도착해서 출경하는 체험을 하는 아이들을 구경했다.

"잠시 후 프랑스 파리로 떠나는 열차가 출발합니다. 승차 준비 해주시기 바랍니다."

미리 녹음해온 안내방송이 역 안으로 흘러나오니, 진짜 파리행 열차가 플랫폼에 서 있을 것 같은 착각이 들었다.

검색대 앞에 '러시아 모스크바행 열차, 프랑스 파리행 열차, 중국 베이징행 열차'라고 적힌 현수막이 세워져 있고, 아이들은 여권을 가지고 줄을 지어 검색대를 통과했다.

"어디까지 가십니까?"

"저는 러시아에 가요."

"네 즐거운 여행되시기 바랍니다."

여권에 도장을 받은 아이들은 출국 수속이 끝나자 에스컬레이터를 이용해 지하도를 통해서 반대편 국제선 승강장으로 나갔다.

"여기서 기차를 타면 우리 친구들이 원하는 곳 어디라도 갈 수 있어요."

도라산 주변 관광을 마치고 돌아오는 기차 안에는 선생님들이 준비한 큰 세계지도가 걸려 있었다. 그 지도를 들고 선생님이 말씀하셨다.

"우리 친구들 오늘 여행 재밌었죠? 이제 한 명씩 나와서 소감 발표 해볼까?"

아이들은 초롱초롱한 눈을 반짝이며 발표를 시작했다.

"저는 중국 베이징 열차를 타고 싶습니다. 그 이유는 아빠가 현재 그곳에서 일하고 계시기 때문입니다. 하루빨리 통일이 되어서 아빠를 보러 기차를 타고 가고 싶습니다.

"저는 영국에 가고 싶습니다. 그 이유는 런던에 가보고 싶기 때문입니다."

순수한 아이들의 발표를 들으면서 아이들 말처럼 기차를 타고 북을 넘어 중국, 러시아를 지나 유럽의 스페인, 영국까지 달리고 싶은 소망이 생겼다.

"우리 열차는 잠시 후 이 열차의 마지막 역인 백마고지역에 도착합니다. 지금은 기차로 갈 수 있는 최북단 역이지만, 5천만 국민의 염원인 통일이 이루어진다면, 북을 넘어 유럽으로 달리게 될 '실크로드 익스프레스'(Silk Road Express)의 출발역이 될 것입니다. 그때 저희 승무원들은 고객 여러분을 모시고 함께 여행하고픈 꿈을 고이 간직하며, 남북의 평화통일을 염원합니다."

이어진 두 개의 철길을 따라 유럽까지 달릴 수 있다는 생각만으로도 짜릿하다. 오늘도 이 모든 일이 가능해지는 날을 꿈꾸며 기차에 오른다.

연천역 빤짝 장터
꼭지네 어머니

　DMZ트레인 백마고지행 기차가 개통되고 연천과 철원 지역의 잘 짜인 관광 일정이 승객들로부터 큰 호응을 이끌어내고 있다.

　'백 번 듣는 것보다 한 번 보는 것이 낫다.'라는 속담처럼 승객들에게 관광지 설명을 하려면 실제로 경험해 보는 게 제일이기 때문에 승무원들도 자주 관광을 다닌다. 관광을 할 때 전문 해설사분들이 참 재밌게 설명을 해주셔서 귀에 쏙쏙 들어온다.

　"관광 종류가 많은데 어떤 게 좋은 거예요?"

　승객들은 자주 이런 질문을 하신다. 팸플릿을 들고 설명을 해드려도 승객 분들은 도통 결정을 하지 못하신다.

　"승무원 언니가 가보고 제일 좋았던 데가 어디에요?"

　"저는 정말 다 좋았어요. 고객님 취향에 따라서 정하세요."

　이렇게 웃으면서 대답을 해드릴 수밖에 없는 이유는, 어디가 더 낫다고 하기 어려울 만큼 모든 관광이 다 좋았기 때문이다. 어디를 가든지 승객들은 관광이 끝나고 다들 좋다고 하시니 승무원인 나도 매우 만족이다.

"고객님들 백마고지역 주변 관광 하시고 많이 피곤하시죠? 저희 돌아가는 기차에서 다양한 이벤트를 하면서 소중한 추억 안겨드릴 텐데요, 그 전에 연천역에서 잠시 쉬었다 갈 예정입니다."

연천역은 경원선에 있는 기차역 중 하나로 전곡역과 신망리역 사이에 있다. 이곳에는 서울과 원산을 오가던 증기기관차가 있던 시절, 기관차에 물을 공급하기 위해 설치한 '급수탑'이 있다. 이 급수탑은 근대 교통문화 연구에 소중한 유산으로 인정받아 등록 문화재 45호로 지정되어 있다. 연천역 바로 옆에 굴뚝처럼 우뚝 솟아오른 조형물이 바로 그것이다.

급수탑 말고도 이곳은 다른 이유로 유명하다. 서울로 돌아가는 하행기차에서 승객들이 연천역을 가장 기다리는 이유는 바로 '빤짝 장터' 때문이다.

연천에는 '옥계마을'이라는 곳이 있다. 마을 주민들이 직접 기른 농산물들을 가지고 나오셔서 장을 만든다. 오직 우리 열차를 위해서 일부러 나오시는 것이다.

연천역에 도착하면 승객들은 우르르 내려서 구경을 시작한다. 옥계마을 어머니들은 예쁘게 키운 자식 같은 농산물들을 테이블에 올려놓고 판매를 하신다. 처음 어머니들을 뵙고는 우리 할머니가 생각이 나서 친근하게 느껴졌다. 이곳에는 어머니들이 숨겨 놓으신 비장의 상품들

이 많이 준비되어 있다.

 '집에서 따온 복숭아 8개 5000원'

 지난 여름, 웬 박스를 가져오신 이상수 할머니. 아드님이 "팔 게 어디 있느냐? 이 맛난 걸."이라며 팔지 못하게 한 복숭아를 한 박스나 가져 오셨다.

 "생긴 게 못 생겼어. 알아서 가져가."

 할머니는 봉지만 던져 주시며 나 몰라라 하셨다. 나에게도 맛보라고 두 개를 주셔서 먹어 보니 정말 맛있는 꿀 복숭아였다. 어릴 때 시골에서 먹은 그 맛이었다. 이렇게 맛있는 복숭아가 어디서 나는 걸까 궁금해서 할머니께 여쭤봤다.

"우리 집에 복숭아가 너무 많이 달려서 가지가 다 부러지겠어."

할머니 댁 복숭아는 달랑 한 그루이고, 닭장과 개집 가까이 있는 평범한 복숭아나무라고 하셨다. 생긴 건 별로이지만 꿀 복숭아를 알아본 손님들의 재빠른 손놀림으로 복숭아는 완판되었다.

그 옆에는 '옥계마을 판매 왕'이신 정민이 할머니가 계신다. 왠지 팔아드리지 않으면 죄송스러운 마음이 드는 인상이신 할머니는 빤짝 장터 초반에 정말 비장의 무기를 가지고 나오셨다. 그것은 바로 더덕과 도라지. 비닐봉투 안에 가득 담긴 더덕과 도라지는 가격이 오천 원으로 승무원들도 탐내는 아이템이었다. 뽀얀 도라지를 보고 새콤달콤 도라지 무침이 몹시도 먹고 싶었지만 손님들을 위한 장터라 꾹 참았다. 도라지 역시 가격 대비 고품질을 알아보신 어머니 승객들의 손에 들려 빠르게 사라졌다.

세 번째 꼭지네 어머니.

늘 갈 때마다 딸 같다며 내 손에 감자를 쥐어주시는 어머니이다. 왜 '꼭지네 어머니'이실까 해서 여쭤 보니, 딸만 일곱을 낳았고 막내가 아들 이라고 하셨다. 그리고 그 딸들 중 한 명의 이름이 '꼭지'였다.

어머니는 개통 초반에는 '맛 감자'를 파셨는데, 연천역에 내리는 순 간 고소한 감자 냄새로 손님들의 발길을 잡아끌었다. 감자가 얼마나 고 소하고 맛있는지 늘 내놓기 무섭게 판매가 되는 또 하나의 히트 상품 이었다.

장터에서는 저평가 받는 상품들도 있는데, 민통선에서 자연 채취한 둥굴레이다. 다른 곳에서는 약재로 판매되기도 하고, 중국산보다도 저 렴한 가격에 판매되고 있다. 그리고 율무 고추장과 식혜, 떡, 꿀, 들기름, 떡볶이, 전 등 정말 다양한 상품들이 있다. 가끔 승무원들도 승객들의 장터 구경이 끝나면 필요한 물건들을 구매한다. 탐나는 물건들이 있어 도 승객들이 먼저 구매를 하셔야 하니 속으로 조마조마 할 때도 있다.

장터 초반부터 내가 가장 좋아한 아이템은 '유정란'이었다. 집에서 직 접 키우는 닭들이 낳은 알이라 아주 신선했다. 처음에는 알이 작아서 메 추리알인가 하고 여쭤보니 '초란'이라고 하셨다. 아주 작고 귀엽게 생 긴 알이었다.

"초란은 보약이에요. 맛있게 드세요."

판매하시는 어머니의 말씀에 장터에 갈 때마다 유정란을 구입했는데, 정말 쫀득하고 고소했다.

날이 추워지면서 꼭지네 어머니는 맛 감자 대신에 도토리묵으로 판매 물건을 변경하셨다.

"이거 가져가. 한 개 남았어."

승객들이 한산해지면 내 뒤로 스윽 오셔서 도토리묵을 내미신다. 아니라고 돈 받으시라고 드려도 두 손을 뒤로 감추며 후다닥 가버리시는 꼭지네 어머니의 정에 가슴이 뭉클해진다. 도토리묵을 만들기 위해 직접 도토리를 주워서 새벽 네 시부터 만드신다는 꼭지네 어머니. 모든 마을 주민들이 그러시겠지만 참 순수하고 맑으신 분들이다.

하루는 승객 중에 어머니 한 분이 "이 도토리묵 진짜 맞아요? 아닌 거 같아."라고 하셨다가 꼭지네 어머니로부터 혼이 나셨다.

"못 믿겠으면 사드시지 마세요. 내가 직접 주워온 도토리로 새벽부터 만든 거요."

어머니의 화를 풀어 드리려고 내가 옆에서 중재에 나섰다.

"고객님, 이분들은 농사짓는 분들이세요. 거짓말 안 하세요."

연천역 반짝 장터는 판매를 목적으로 열리는 장터가 아니다. 이분들은 농사꾼이지 물건을 파는 상인이 아니기 때문이다. 사람들을 만나는 걸 좋아하고, 좋은 물건들 제공하시며, 마을을 위해 잠깐의 장터에도 기꺼이 역으로 나와 주시는 순수한 분들이다.

"비가 오나 눈이 오나 걱정 말아요. 우리는 한 명이라도 나올 테니까."

겨울에는 어머니들 건강이 염려 되서 걱정하는 나에게 하나같이 이렇게 말씀하신다. 정말 마음이 따뜻해진다.

오늘도 내 손에 들려주신 도토리묵. 정말 감사하게 잘 먹겠습니다.

그 남자의 시선이
머무는 곳, 득량역

영화 '명량'을 보고 깊은 감명을 받았다.

"신에게는 아직 12척의 배가 남아 있습니다."

영화를 보는 내내 눈물을 뚝뚝 흘리며 봤다. '이순신 장군' 하면 왠지 모르게 친근한 것이 마치 우리 큰아빠 같은 느낌이 든다.

광화문 사거리에 서 있는 이순신 장군 동상은 지난 7년간 나와 함께 했던 출근길 친구였다. 매일 아침 출근하면서 저 멀리 서 있는 장군의 동상을 보면서 혼자 속으로 "안녕하세요? 장군님. 오늘도 광화문 잘 지켜주세요." 하고 인사를 했다. 몇 년 전에는 동상 보수를 위해서 주변에 탈의실 같은 구조물을 설치했는데, 매일 보던 동상이 안 보이니 왠지 허전한 마음도 들었다. 지금도 가끔 광화문을 갈 때마다 이순신 장군 동상만 보면 괜히 반가운 마음이 든다.

영화 명량을 보고 나니 저절로 떠오르는 역이 있었다. 그곳은 바로 '득량역'이다.

"득량역? 거기가 어디야?"

득량. 발음하기도 애매한 이름이다. 역 이름을 듣는 대부분의 사람들은 모두 나와 같은 반응이다. 기차를 타는 직업을 가지고 나니 생전 처음 듣는 역이 많았다. 물금역, 구포역, 분천역, 화명역, 철암역 등등. 그중 가장 신기한 이름의 역이 득량역이다. 생소하기까지 한 이곳은 전라남도 보성군 득량면에 위치해 있고, 꼬막으로 유명한 벌교역과 녹차밭으로 유명한 보성역 사이에 있다.

S트레인이 개통하고 정차 역을 공부하면서 알게 된 득량역은 참 정이 가는 곳이다. 이곳이 유난히 정이 가는 이유는, S트레인과 득량역이 이순신 장군과 연관이 있기 때문이다. 영화 '명량'을 보고 S트레인과 득량역이 생각 난 것은 당연지사. 앞에서도 말했듯이 S트레인의 기관차는 거북선을 형상화 했다. 거북선이 세찬 물살을 헤엄쳐 가듯 기관차 아래쪽에는 파도까지 섬세하게 그려져 있다.

득량이라는 지명은 임진왜란 당시 12척의 전함으로 이순신 장군이 왜군과 대치하던 중, 바닥난 군량미를 충당해 명량대첩을 승리로 이끌어내 얻어진 이름이다. 또한 득량역에서는 이순신 장군을 만나볼 수가 있다.

'내가 득량역에 온 것을 적에게 알리지 말라.'

득량역을 나가자마자 역 앞에 있는 슈퍼간판에는 이렇게 적혀 있고, 벽면에는 늠름한 표정의 장군을 크게 그려 놓았다. 여름에는 득량역을 찾는 관광객을 위해서 무더운 날씨에도 불구하고, 연기자가 갑옷을 입고 이순신 장군을 연기하기도 했다. 영화와 맞물려서 많은 관광객 유치에 도움이 되었다.

득량역은 이순신 장군과도 연관이 있지만, 가장 독특한 점은 역 앞에 '추억의 거리'가 조성 되어 있다는 점이다. 어린아이부터 어른신들까지 모든 연령의 손님들이 다 좋아한다.

"이곳 득량역에는 추억의 거리가 조성되어 있습니다. 고객 여러분께서는 모두 하차하시어 옛 추억 여행을 하시기 바랍니다."

S트레인 승무 때 득량역은 내가 가장 좋아하는 역이었다. 처음에는 어리둥절해 하는 승객들을 모시고 역 앞으로 나가서 '미니 가이드'를 해드렸다.

추억의 거리에는 옛날 이발소가 있는데, 실제로 운영되고 있는 곳이다. 이발소 사장님은 하얀 가운을 입고 손수 이발을 해주신다. 옛날 드라마에서만 보던 모습을 직접 보게 되어서 참 신기했다.

추억의 거리는 이발소 사장이 본인의 사비로 만든 곳이다. 옛날 만화책이나 분유통, 장난감 등 이곳에 있는 모든 물건들은 사장이 손수 발품을 팔아 구비한 것들이다.

하루는 전시해 둔 노란색의 롯데 껌 통이 사라졌는데, 무려 한 통에 30만 원이나 하는 귀한 것이었다. 득량역이 알려지기 전, 사장이 역 발전을 위해 손수 준비한 것들이라는 걸 알기에 내가 더 분하고 속상했다. 사장이 일일이 손님들을 따라다니며 감시하기에는 한계가 있고, 즐거운 관람을 위해서 자유롭게 전시해 둔 것이 문제였다.

"잃어버린 건 어쩔 수 없지. 내가 더 조심하는 수밖에."

너털웃음을 짓는 사장님을 보면서 괜히 죄송스러운 마음이 들었다. 껌 통 사건 후에도 사장님은 행여나 구경하는 손님들이 불편해 할까봐 늘 먼발치에 가만히 서 계셨다.

"사장님 걱정 마세요. 제가 없어지는 물건 없도록 잘 볼 게요."

그분의 수고와 노력을 잘 알기 때문에 나는 사장 대신 매의 눈으로 물건들이 제자리에 있는지 확인했다.

추억의 거리에는 그 사장님이 이 거리를 만들기 위해 고민한 흔적들이 여실히 남아 있다.

득량역의 옛 모습을 재현해 놓은 버스정류소.

딱지와 불량식품, 종이인형을 판매하는 문구점.

인삼차와 쌍화차를 파는 옛 다방.

역전 로울러장.

오락실과 양장점.

그리고 정겨운 그 이름 '득량 국민학교'까지.

나는 국민학교에서 초등학교로 넘어간 세대라 그런지 국민학교라는 단어가 참 반가웠다. 교실 안에는 예전에 쓰던 책상과 걸상이 있고, 옛날 교복 체험도 할 수가 있다.

'역전 로울러장' 역시 내 향수를 불러일으킨다. 초등학생 때 롤러 장에 갔다가 고등학교 언니, 오빠들의 헌팅 장면을 목격했다. 롤러스케이트를 타고 뒤로 달리는 모습을 뽐내는 고등학생 오빠들을 한참동안 구

경했던 기억이 난다.

득량역에는 추억의 거리만큼 '풍금 치는 역장님'도 유명하다. 기차에서 내리면 역장이 플랫폼에서 낡은 풍금을 연주하신다. 피아노 연주가 가능한 사람들은 누구나 연주해 볼 수 있다. 득량역이 정겨운 가장 큰 이유 중 하나는 이곳 주민들의 인심이다. 승객들을 데리고 나가서 미니 가이드를 하고 있으면 이발소 사장님이 슬금슬금 다가온다. 이런저런 대화를 나누다가 손님들 몰래 따뜻한 캔 커피를 주머니에 넣어 주신다.

역 바로 앞에 있는 마트에는 구수한 전라도 사투리를 구사하시는 주인 부부를 만날 수가 있다.

"이리 와서 문어 삶은 것 좀 잡숫고 가."

어머니는 가끔 슈퍼 안 부엌에서 식사준비를 하다가 우리를 부르셨다. 접시에 김이 모락모락 나는 문어 다리 몇 점을 가져와서 초고추장을 듬뿍 찍어 입에 넣어 주셨다. 마치 우리 할머니가 어릴 때 그렇게 해주신 것처럼, 아무렇지 않게 음식을 손가락으로 집어서 먹여주시던 모습이 가끔 무척 그립다.

이발관 사장님이 작게 시작한 추억의 거리는 점차 넓어져서 400m까지 확대되었다. 득량역은 처음 사장님의 바람대로 영화 '명량'에 힘입어 더 많이 알려졌다.

추억의 거리가 시작되는 부근에 모자를 쓰고 뒷짐을 지고 있는 아저씨가 보인다면 다가가서 인사해보자. 아마 아주 반갑게 맞아주실 것이다.

2장

오늘 하루
어땠나요?

월요일을
좋아할 수 없을까?

월요일. 월요병. 개그콘서트가 끝나는 것을 알리는 음악이 나오면 갑자기 가슴이 답답해지고 머리가 괜히 아파온다는 그 병.

대한민국의 모든 직장인들이 앓고 있는 병이 하나 있다면 그것은 바로 '월요병'일 것이다. 회사를 다닐 때 일요일 저녁만 되면 괴로웠다. 예전의 월요일을 회상해본다.

'또 일주일의 시작이구나. 언제 금요일이 돌아올까?'

매주 월요일, 출근하면서 늘 이런 생각을 했다. 전철 안에 있는 사람들의 얼굴을 가만히 살펴보면 이런 생각은 나만 하는 게 아닌 거 같았다. 귀에 이어폰을 꽂고 눈을 감고 있는 사람들 틈바구니에서 그래도 외롭게 느껴지지는 않았다. 모두 같은 생각을 하고 있을 테니.

월요일 아침은 유난히 분주하다. 분명 일찍 일어난 거 같은데 세수하고 양치질을 하고 나면 화장할 시간이 부족해진다. 마스카라는 생략하고 부랴부랴 옷을 꺼내 입는다. 원래는 며칠 전에 산 예쁜 하이힐과 펜슬라인 스커트를 입으려고 했지만 시계를 보니 전철 탈 시간이 촉박하다. 전철역까지 뛰어가려면 플랫슈즈를 신어야 할 거 같아 급하게 의상을 변경한다.

'월요일에는 하이힐을 신지 말아야 한다.'는 나 혼자만의 금기를 다시 한 번 되새기며 전철역으로 향한다. 월요일 아침에는 왜 이렇게 사람이 평소보다 많은 건지. 모두 나처럼 무언가 2퍼센트 부족한 모습들로 전철을 탄다. 머리를 미처 말리지 못한 아가씨도 있고 넥타이를 손에 들고 타는 아저씨도 있다. 아침을 걸렀는지 그 좁은 전철에서 비스킷을 입안에 계속 밀어넣는 젊은 남자도 보인다.

월요일 아침부터 내 패션이 맘에 들지 않는다.

'5분만 더 일찍 일어날 걸!'

전날 미리 정해놓은 의상을 입지 못하게 만든 나의 아침잠을 야속해하며 회사로 출근한다. 다행히 출근시간보다 10분 정도 일찍 도착했다. 자리에 앉아 생수로 목을 축이고 컴퓨터를 켜서 주말 동안 온 메일이 있는지 확인한다. 그렇게 일주일의 시작을 열게 되는 것이다.

7년 정도 회사생활을 하면서 매번 월요일이 싫었던 건 아니다. 사회 초년생일 때는 월요병이 심해서 아침에 일어나는 것조차 힘들었다. 하지만 3년 정도 넘어가면서 월요병을 이겨내는 나만의 노하우가 생겼다. 그 노하우를 함께 공유해 보겠다.

노하우 하나, 일요일 저녁 일찍 잠자리에 들기

엄마가 아직도 나에게 하는 잔소리 중 하나가 "일찍 자야 아침에 일찍 일어난다."이다. 이것은 굉장히 시시한 말처럼 들리지만 절대 무시할 수 없는 진리이다.

특히 주말에는 낮잠을 자고 나면 밤늦게까지 눈이 말똥말똥해진다. 이런 점을 방지하기 위해 낮잠을 30분 이내로 자거나 밖에서 여가시간을 보내는 것이 좋다. 저녁에 일찍 잠자리에 들어 푹 자고 나면 다음날 상쾌하고 피곤함도 줄어든다.

노하우 둘, 나만의 의식 만들기

예전 회사에 다니면서 특별한 일이 없으면 수요일 점심시간 마다 새우 버거를 먹었다. '수요일에 새우 버거 먹기'는 내가 만든 의식 중 하나였는데 시간이 지나면서 소문이 났는지 직원들 모두 알게 되었다. 동료들은 수요일만 되면 "오늘 세영씨 새우 버거 먹는 날이네?"하면서 할인쿠폰을 챙겨주기도 했다.

나만의 의식이 있는 사람들은 일반인에 비해 행복감을 더 많이 느낀다는 연구결과가 있다. 나 자신과의 약속을 지키면 그것에 따른 성취감이 자신감 향상과 자기 자신을 사랑하는데 큰 도움이 된다는 것이다.

굳이 거창한 것이 아니어도 된다. 예를 들어 '월요일에는 메모지 정리하기' '화요일에는 모니터 닦기' '수요일에는 점심시간에 책 읽기' '목요일에는 퇴근길에 집까지 걸어가기' '금요일에는 엄마랑 저녁 먹기' 등 간단하고 사소한 것부터 정해서 지켜보자. 하루하루가 다채롭게 느껴지고 다음날이 오히려 기다려질 것이다.

노하우 셋, 10분 일찍 집에서 나서기

직장인들에게 출근길 10분의 차이는 정말 크다. 아침에 일어나서 '10분만…' 하고 이불속으로 몸을 웅크린다면 출근길 지옥철을 맛보게 된다. 월요일 아침에는 침대에서 일어나기 싫은 것은 모두 마찬가지이다.

달콤한 아침잠을 뿌리치고 찬물로 세수를 하고 평소보다 10분만 일찍 집을 나서자. 확실히 이동하는 거리에 사람이 적은 것을 느낄 것이다.

노하우 넷, 월요 모임 만들기

예전 회사에서 근무하면서 동료들과 모임을 자주 가졌다. 주말에 시간이 되는 사람들과 함께 대관령 양떼 목장이나 양평 딸기농장, 춘천 쁘띠 프랑스 등으로 여행을 다녔다. 주말을 함께 보내고 나면 친분도 두터워지고 월요일에 회사 갈 때도 즐거운 마음으로 갈 수가 있었다. 직장 동료들과 월요 모임을 가져보자. 책 한 권을 정해서 간단히 느낌을 나눠도 좋고 영화 감상을 나눠도 좋다. 또는 디저트 메뉴를 정해서 월요일마다 함께 맛보러 다니는 것도 색다른 재미로 느껴질 것이다.

외국인이 한국에 와서 멋진 야경을 보고 물었다.

"한국의 야경이 이렇게 아름다운 이유는 무엇입니까?"

그러자 한국인이 이렇게 대답했다.

"야근입니다."

우리나라 직장인들의 현실을 풍자한 이 일화는 이제 너무나 유명해져 버렸다. 처음에 이 이야기를 듣고 웃으면서도 한편으로는 씁쓸했다. 퇴근하는 길에 보이는 아름다운 야경들은 월요병을 이겨내고 매일 열심히 근무하는 우리나라 직장인들이 만들어 낸 결과였던 것이다. 대한민국의 직장인들 덕분에 우리나라가 단 기간에 이렇게 빠른 속도로 성장했음에 뜨거운 감사의 박수를 보낸다.

월요일이 되면 회사가 가기 싫어서 '아팠으면 좋겠다.'라고 생각하지 않은 직장인이 있을까? 기차 승무원이 되고 나서 월요병은 사라졌지만 확실히 월요일에는 기차를 타고 서울역으로 출근하는 사람들이 많다.

월요일 출근을 없앨 수는 없지만 충분히 즐겁게 바꿀 수는 있다. 내가 마음먹기에 따라 하루가 달라지니 말이다. 앞에서 열거한 노하우들을 활용해서 월요일마다 이벤트를 만들어 보자. 분명 두근두근 설레는 마음으로 월요일이 기다려질 테니.

전쟁 같은
출근길

　나의 첫 회사는 광화문역 1번 출구로 나가서 외교통상부 건물을 지나, 정부청사 건물 맞은편에 위치했다. 집에서 회사까지 넉넉히 한 시간이 걸렸는데 1호선에서 5호선으로 전철을 갈아타야 했다. 전철을 갈아탈 때마다 환승 구간이 끝도 없이 길게 느껴졌다. 전철 오는 시간은 미리 알아갈 필요가 없었다. 사람들이 뛰면 '아, 곧 전철이 들어오는구나.'라고 생각하며 함께 뛰었다.

　앞에 앉은 사람이 언제 일어날지 옆에 서 있는 아가씨와 눈치 싸움을 하는 출근시간을 거쳐 회사에 도착하면 메신저로 동료들과 아침인사를 나눈다.

"오늘 출근하는데 옆에 여자가 김밥 먹어서 냄새 엄청 났어."
"웬일이야! 나도 옆에 아저씨가 아침부터 빵 먹는 거야."
"난 어떤 아줌마가 내리면서 가방으로 치고 감."

"나도 나도! 사람들이 출근만 하면 왜 다 악마가 되는지 모르겠어."

"출근길은 전쟁이야 전쟁!"

동료들과 힘들었던 출근길을 하소연하며 업무를 시작했다. 그때나 지금이나 출근길은 전쟁터를 방불케 한다. 전철에 앉을 자리를 맡기 위해 서로 눈치작전을 펼치거나, 분명 내 앞에 앉은 사람이 일어났지만 뒤에 있던 아줌마가 날 밀어내고 앉아버리기도 한다. 그럴 때는 속상하면서도 화가 나지만 속으로 삭인다.

"내가 웃는 게 웃는 게 아니야. 내가 걷는 게 걷는 게 아니야."

리쌍의 노래 가사처럼 내 출근길도 그랬다. 내가 걷는 게 걷는 게 아닌 듯이 사람들에 휩쓸려 전철에 타고 휩쓸려 내렸다. 가끔은 회사에 도착하기 전 녹초가 되기도 했다.

출근길을 좀 더 재밌게 만들고 싶어 책을 들고 타거나 노래를 들을 이어폰을 꽂고 전철을 타기도 했다. 하지만 책은 펼쳐볼 수도 없을 정도로 콩나물시루이고, 이어폰은 옆에 서 있는 아저씨 가방에 걸려 자꾸 빠지기 일쑤였다. 게다가 손도 올릴 수 없으니 책은 오히려 짐으로 느껴졌다.

재밌는 출근길을 만들려던 나의 계획은 실패로 돌아갔다. 결국 일찍 출근하는 수밖에 없다는 것을 깨닫고 아침마다 졸린 눈을 비비며 일찍 일어났다. 아침에 조금만 부지런을 떨었더니 내 출근길은 많이 달라져 있었다. 우선 전철에 앉을 자리가 있고, 자리가 없더라고 서 있는 사람들의 수가 적어 책을 마음껏 읽을 수가 있었다.

지금도 아침 일찍 출무하러 나가면 전철에 앉아서 한 시간 동안 책을 읽는다. 가끔은 좋은 글귀를 적거나 글 내용을 사진으로 남기기도 한다. 이런 작은 메모와 글귀들이 쌓이면서 나만의 좋은 글 노트가 되었고, 기차에서 감성 방송 하는데 아주 유용하게 쓰인다. 전쟁 같은 출근길이 지식을 쌓는 즐거운 시간이 된 것이다.

전쟁 같은 출근길을 신나는 출근길로 만들고 싶은 분들과 공유하기 위해 작은 팁을 소개한다.

첫째, 블로그 하기

요새는 유명 작가들이나 방송인들도 블로그를 제법 많이 운영하고 있다. 평소에 관심 있던 사람의 블로그를 구경하면서 댓글도 남기고 블로그 친구도 되어보면 어떨까? 그들과 직접 소통한다는 기분에 즐거울 것이다.

원한다면 내가 블로그를 운영해보는 것도 나쁘지 않다. 블로그는 나만의 세상이다. 평소 나의 생각과 관심사 등을 언제 어디서나 자유롭게 기고할 수 있다는 점이 블로그의 큰 매력이다.

혹시 모르지 않나? '출근길 지하철 자리 앉기 비법' 이나 '출근길 읽을 거리' 등을 포스팅 해서 직장인들의 사랑을 받는 파워 블로거가 될지도.

둘째, 할 일 정리하기

회사에 출근하기 전 오늘 할 일을 정리하는 것은 가장 중요한 일이다. 나는 처음에 머릿속으로만 생각했었는데, 직접 손으로 적으면서 정리를 하면 기억하기 훨씬 수월하고 우선순위가 분명하게 잡힌다. 수첩에 적기가 번거롭다면 스마트 폰 스케줄 앱을 이용해서 작성하는 것도 좋다.

셋째, 책 읽기

전쟁 같은 출근길을 단축시킬 수 있는 가장 좋은 방법이라고 생각한다.

책을 고를 때는 내가 평소에 관심이 있던 분야로 정하는 것이 좋다. 그 래야 쉽게 집중할 수 있으니 말이다. 독서라는 것이 한번 빠져들게 되면 옆에서 아무리 떠들어도 책 내용에 집중해서 잘 들리지가 않는다. 어떤 날은 시간 가는 줄 모르고 읽다가 내려야 할 역을 놓칠 뻔한 적도 있다.

또 하나 좋은 점은 내가 겪지 못한 일을 간접 경험해 볼 수 있다는 것 이다. 책 내용이 흥미로울수록 그런 느낌은 더 강하다. 몰입해서 책을 읽 다 보면 작가와 생각이 통할 때도 있고, 내 상황과 비슷한 내용이 나오 면 위로가 되면서 희망이 생기기도 한다.

넷째, 메모하기

순간순간 느껴지는 감정들, 좋은 생각, 감사함, 속상함, 미련, 포부.

시간이 지나면 이런 것들은 잊히게 된다. 순간을 기록할 수 있다면 무 엇이라도 좋다. 꼭 손으로 적지 않아도 좋다. 스마트 폰은 이런 우리들 에게 아주 좋은 도구이다. 문득 생각나는 아이디어는 음성 녹음을 하거 나 메모장에 기록한다.

SNS를 하다가 좋은 글귀가 있다면 핸드폰의 '캡처' 기능을 사용한다. 이 기능은 누가 발명했는지 모르지만 정말 천재적인 기능이다. 이 기능으로 인해서 메모하는 시간을 훨씬 단축시켜 더욱 많은 정보를 저장할 수 있게 도와주니 말이다.

내가 기록했던 모든 메모들은 훗날 다양한 방법으로 사용될 것이다. 혹은 사용되지 않으면 어떤가? 아무 기록 없이 지내다 보면 어느 순간 '내가 지난달에 무엇을 하며 지냈지?' 같은 안타까운 질문을 하게 된다. 메모를 들여다보면 내가 이때 이런 생각과 감정을 가지고 있었다는 것을 알게 되고, 의미 있는 하루를 보냈다는 사실에 뿌듯해질 것이다.

다섯째, SNS 이야기 구독하기

점점 스마트 폰으로 생기는 좋지 않은 점이 부각되고 있지만, 출퇴근 길의 가장 좋은 친구라는 점은 부인할 수가 없다. 친구를 기다리는 시간, 지루한 출퇴근 시간, 낯선 사람들과 함께 있는 시간 속에서 이 고마운 친구는 빛을 발한다. 시간을 단축시켜주는 것은 물론, 웃음과 감동을 줄 때도 있으니 말이다.

요새는 대형 포털 사이트에서 스마트폰 용 읽을거리 서비스 제공을 해주고 있다. 내가 주로 애용하는 것은 네이버의 포스트와 다음 스토리볼인데, 스토리 볼을 통해서 《프린세스 마법의 주문》의 저자인 아네스 안 작가와의 만남이 이루어지기도 했다. 기성작가나 연예인들도 이 서비스를 이용해 활동하고 있어서 매일 손쉽게 그들을 만날 수가 있다.

요리, 일러스트, 애완동물, 가족, 연애, 마케팅, 사진, 명화, 여행, 디자인, 역사 등 정말 다양한 주제가 넘쳐난다. 더욱 놀라운 점은, 이 수많은 작가들이 모두 우리와 같은 일반인이라는 점이다. 여기서는 누구나 작가가 될 수 있는 것이다. 일반인들이 작성했지만 내용의 수준은 참 높다. 대한민국에는 어쩜 그렇게 똑똑하고, 그림 잘 그리고, 글 잘 쓰는 사람이 많은지 읽다보면 감탄할 때가 많다.

덕분에 나도 좋은 책 고르는 법이나 명화 감상 하는 법, 자투리 음식을 활용해 반찬 만드는 법 등을 배웠다. 많은 사람들의 정보 공유 덕분에 유용한 생활 비법이 늘어나는 것 같아서 참 뿌듯하다.

'출근길만 왕복 4시간, 청춘이 다 간다.' 얼마 전 읽었던 뉴스의 제목이다. 기사의 내용은 제목과 같이 긴 출근길 때문에 고통 받는 직장인들의 이야기를 담았다.

매일 직장인들은 버스를 타고, 지하철을 타고, 생전 처음 보는 사람들과 얼굴과 몸을 맞대고 출근을 한다. 출근시간은 짧으면 몇 십분, 길면 몇 시간까지 걸린다. 가끔 출근길에 우연히 앉을 자리라도 나면 복권에 당첨된 것처럼 즐거워진다.

전쟁 같은 출근길, 그동안 쌓아온 나만의 비법을 이용한다면 아름다운 여행으로 바뀔 수도 있지 않을까?

대한민국 모든 직장인들 화이팅!

명동과 서점은
내 놀이터

점심시간. 11:30 정도가 되면 직원들은 하나 둘 자리에서 일어난다. 점심시간을 알리는 몸짓들.

"세영씨, 점심 먹으러 가죠?"

"아, 죄송해요. 저 오늘 선약이 있어서요, 다녀오세요."

동료 직원들에게 대답하고는 주섬주섬 겉옷을 챙겨 잽싸게 밖으로 나간다. 분명 아침에도 본 풍경인데 점심시간에 보는 풍경은 왜 또 다른 건지. 내리쬐는 햇빛은 부드럽고 불어오는 바람은 솜사탕처럼 달다.

신난 강아지처럼 광화문 네거리로 달려가 곧장 대형서점으로 들어간다. 초등학생 때부터 문턱이 닳게 드나들던 서점이지만 매번 들어갈 때마다 설렌다.

'얼마 전에 《미라이짱 사진집》이 새로 나왔지? 얼른 봐야겠다.'

며칠 전부터 눈독 들여 놓은 사진집을 이리저리 살펴보고는 기분 좋게 구매를 한다. 묵직한 종이가방의 느낌에 식사 전이지만 이상하게 배

부른 기분이다.

약 4년 전의 내 모습이다. 점심시간이 다가오면 밥을 먹기보다 밖에 나갈 생각에 들떠 콧노래가 절로 나왔다. 한 시간 반 정도의 짧은 시간이지만 나에게는 꿀물같이 달콤한 시간이었다.

사탕가게에 온 어린아이처럼 서점만 들어가면 발걸음이 가벼워지고 이 책, 저 책 읽느라 정신이 없었다. 여름이면 맘에 드는 책을 한 권 사 들고는 청계천으로 갔다. 모전교 아래 앉아 신발을 벗어 옆에 두고 시원한 물소리를 들으면서 책 속으로 빠져들었다. 나에게는 그 시간이 신선놀음이요, 천국이었다.

휴일이 다가오면 어디로 여행 갈지 궁리했고, 여행 떠나기 전날 캐리어에 짐을 싸면서 세상을 다 가진 기분을 얻었다. 필수로 챙긴 물건이 있다면, 폴라로이드 카메라와 비행기 안에서 읽을 두꺼운 책이었다.

어딘가로 여행 갈 수 있다는 기대감이 하루를 힘차게 보낼 수 있는 원동력이 되었다. 하지만 가끔 업무가 많거나 이런저런 개인적인 사정으로 여행을 못 가는 날이면 울적해졌다. 그럴 때는 점심시간을 이용해서 명동이나 남대문, 광화문 대형 서점으로 떠났다.

광화문 교보문고에는 외국 원서 코너가 있다. 그곳에 가면 세계에서 온 다양한 책들이 책장을 가득 메우고 있다. 한번은 A4 사이즈보다 큰 동화책을 펼쳤는데, 책에 들어간 삽화가 너무 아름다워서 한참을 들여다 본 적이 있었다.

명화가 보고 싶으면 세계 명화를 모아놓은 책을 보고, 맛있는 요리가 먹고 싶으면 요리책을 보면 됐다. 서점은 언제든 떠날 수 있고, 골라 보는 재미가 있는 나만의 세상이었다.

꼭 공항을 통해서 비행기를 타고, 역으로 가서 기차를 타야만 여행인가? 내가 가는 모든 곳이 여행지가 아닐까? 여행이 정말 가고 싶은 날에는 인천공항으로 갔다. 공항 2층 식당에 앉아서 유리창 너머로 보이는 수많은 비행기들을 보며 이륙하기 전의 긴장감을 느꼈다. 북적거리는 여행객들 사이에서 대리만족을 하고, 다음 여행을 기약하며 돌아오기도 했다.

점심시간의 또 다른 일탈 장소였던 남대문이나 명동을 가면 일본과 중국인 관광객이 많았다. 분명 우리나라지만 들려오는 말소리는 다른 언어이다. 그럴 때는 마치 내가 이방인인 것 같은 착각도 들었다.

"这是韩国女人很喜欢的服式。"(요즘에 한국 아가씨들이 많이 입는 스타일이예요.)

"啊。真的吗? 谢谢你。"(정말요? 감사합니다.)

괜히 옆에서 옷을 고르고 있는 중국인 관광객에게 말도 걸어보고 코디도 해준다. 그러다 내키면 서울 관광지와 나만 알고 있는 맛집도 슬쩍 알려준다. 이리저리 다니며 즐겁게 시간을 보내다 다시 회사에 돌아오면 점심시간 한 시간 동안 마치 외국의 어느 골목에 다녀온 기분이 들었다.

출근해서 열심히 근무를 하고, 맛있는 점심 식사도 하고, 졸음을 참아가며 업무를 하고, 퇴근시간이 다가오면 절로 엉덩이가 들썩거리던 시간들. 모든 직장인들의 마음이 하나가 되는 순간이 있다면 바로 점심시간과 퇴근시간일 것이다.

얼마 전 인터넷에서 재미있는 글귀를 읽었다.

'사원증 걸고 다니는 대기업 직원들에 대한 꼬인 감정은, 나도 취준생 때 많이 느껴봤다. 사원증뿐만 아니라 위풍당당하게 웃으며 길을 걷는 모습에 주눅도 들었고. 그런데 직딩이 되어보니 그들이 길에서 그렇게 웃는 이유를 알 거 같다. 그냥 밖에 나와 기분이 좋은 것이다.'

누군가 캡처를 해서 올려놓은 것이라 원작자는 알 수 없으나, 정말 많은 사람들이 이 글에 공감을 했고 나 역시 그랬다.

회사원들이 하루 종일 사원증을 목에 걸고 있는 이유는, 회사 보안 문제로 사원증을 출입문에 태그해야만 드나들 수 있기 때문이다. 어쩌면 정말 자랑하고 싶은 마음에 소수의 사람들이 일부러 걸고 다닐지도 모른다. 하지만 대부분의 회사원들은 사원증을 한번 목에 걸면 걸고 있는지조차 인식 못하는 게 사실이다.

근무하다가 점심시간을 이용해서 밖으로 나갔을 때 느꼈던 해방감은 아주 짜릿했다. 가끔은 사무용 문구나 회의실에 가져다 줄 도시락을 사러 나가면 마치 모든 세상이 멈추고 나 혼자 움직일 수 있는 유일한 존재가 된 것만 같아 괜히 으쓱해졌다.

일본 애니메이션 '시간을 달리는 소녀'에는 바쁘게 오고가는 사람들이 일제히 멈추고 주인공 혼자 시내를 돌아다니는 장면이 나온다. 주인공의 모습이 예전의 내 모습과 겹쳐 보였다. 회사 밖으로 나간다는 것이 그렇게 좋았을까? 회사가 싫었던 것도 아니었는데 말이다.

첫 번째 회사와 두 번째 회사를 선택한 가장 큰 이유는 '광화문'에 위치했다는 것이었고, 그 다음 이유는 회사 근처 풍경이 좋았다는 것이다. 첫 번째 회사는 길 건너에 경복궁이 있어서 점심식사 후에 자주 산책을 다녔다. 고궁을 거닐면 몸과 마음이 충전되는 느낌이었다. 회사 건물 고층으로 올라갈수록 경치가 좋았는데, 바로 앞에 보이는 청와대의 경관은 정말 아름다웠다.

두 번째 회사에 면접을 보러 갔을 때 고급스러운 건물의 외관과 내부 인테리어에 홀딱 반했다. 알고 보니 원래는 호텔로 사용하려고 지은 건물이었다고 했다. 그래서 그런지 엘리베이터는 층별로 세 군데로 나뉘어져 있고, 입점해 있는 대부분의 회사가 외국계 회사였다. 들리는 소문에는 유명 여배우의 남편이 이 건물에 있는 회사를 다닌다고 했는데, 아쉽게도 나는 한 번도 마주치지 못했다.

가끔은 하루 종일 아무데도 나가지 못하고 회사 안에만 있을 때도 있었다. 그럴 때는 임원분이 잠시 자리를 비울 때 임원 방에 들어가 난에 물을 주거나 신문을 정리했다. 눈을 돌려 창밖을 보면 광화문 네거리를 지나다니는 사람들이 보였다. 광화문이 한눈에 내려다보이는 그곳에 서서 미래의 내 모습을 그려보기도 하고, 과거의 나를 돌아보기도 했다.

가끔 그런 생각을 해본다. 만약 내 발바닥에 마르지 않는 잉크가 있어서 갔던 곳마다 내 족적이 남아 있다면 어디를 가장 많이 갔을까?

광화문, 명동, 서점.
이 세 곳이 아닐까 생각해본다.

03학번
10학번 되다

나는 학번이 두 개가 있다. 하나는 03학번이고 하나는 10학번이다.

스무 살. 이 나이를 생각하면 가슴이 아려온다. 어떻게 불러도 찬란하고 영롱한 스무 살의 나를 생각하면 가슴이 벅차오르면서도 한편으로는 슬프다. 그 이유는 수능을 망치고 원하는 학교에 입학하지 못했기 때문이다.

대학 원서를 쓰면서 내가 원하는 학교에 갈 수 없다는 것을 깨닫고 끝없는 낭떠러지로 떨어지는 기분이 들었다. 졸업식도 가고 싶지 않았다. 몇몇 친구들은 이미 수시합격을 해서 알바를 하거나 입학할 학교의 오프라인 모임에 참여하며 대학생활을 만끽할 준비를 하고 있었고, 그런 모습이 한없이 부러울 뿐이었다.

중고등학교 친구들이 내가 입시에 실패한 것을 비웃기라도 할까봐 동창 모임에는 핑계를 대며 나가지 않았고 친구들에게 안부 인사 하는 것도 조심스러웠다. 무엇보다 가슴 아팠던 건, 나에 대한 기대감이 컸던 부모님 얼굴에 먹칠을 한 것 같아 면목이 없었다. 12년 학창 시절의 결과가 한순간 뒤바뀔 수 있다는 사실에 세상에 대한 두려움을 그때 처음 느꼈다.

인터넷 미니홈피에 가득한 스무 살 친구들의 캠퍼스 라이프는 눈이 부시도록 아름다웠다. 내가 원하던 학교에서 내가 하고 싶었던 전공을 하며 즐겁게 대학생활을 하는 친구들의 모습을 보고 나 자신에 대한 원망으로 눈물을 펑펑 흘리기도 했다. 가끔 뉴스에 성적비관으로 안 좋은 결심을 하는 친구들이 진심으로 이해가 갔다.

스무 살과 스물한 살, 맑은 물방울 같았던 나의 20대 초반은 그렇게 후회와 설움으로 가득했다. 하지만 재수는 하기 싫었다. 첫째로 다시 공부할 자신이 없었고, 내 스무 살을 그렇게 보내고 싶지 않았다. 그래서 결심한 것이 '졸업 전 무조건 빨리 취업을 하자.'였고 학교를 다니며 의미 없는 술자리 등은 피하고 취업 준비를 하며 지냈다.

2005년, 전문대를 졸업하고 내가 원하던 모 기업에 입사하게 되었다. 해운업으로 유명한 회사에 입사하고 나니 그동안의 설움이 조금은 풀어지는 느낌이었다. 게다가 어린 시절부터 꿈꾸던 광화문에 있는 회사라니! 정말 꿈만 같았다. 최종합격 연락을 받고 너무 기뻐 소식이 뜸했던 중고등학교 친구들과 선생님들께 단체 문자를 돌렸다.

"기지배, 소식 없더니 잘 살고 있었구나. 축하해."
"선생님은 네가 참 자랑스럽구나. 앞으로 종종 소식 들려주렴."
"축하해! 한턱 쏘는 거지?"

친구들과 선생님의 축하 문자를 받고 지난 시간 동안 숨어 지냈던 나 자신에게 잘 버텨주어서 고맙다고 속삭였다. 비록 원하는 학교에는 못 갔지만 사회에 근사하게 발을 들인 것 같아 내 자신이 자랑스럽고 뿌듯했다.

회사생활을 하면서 배웠던 것들은 나에게 피가 되고 살이 되었다. 회식할 때 분위기 띄우는 법과, 까다로운 선배님과 친해지는 법, 은근슬쩍 나에게 일을 떠넘기는 선배 대하는 법, 회사 내에 적을 만들지 않는 법 등 다양한 일들을 겪으며 배웠다. 나중에는 웬만한 일에는 눈 하나 깜짝 안 할 정도로 강해져 있는 나 자신을 발견할 수 있었다.

그렇게 대한민국의 평범한 직장인으로 살아가던 중, TV에서 내 마음을 통째로 흔드는 광고를 보게 되었다. 광고에는 이제 막 수능시험을 끝낸 소녀의 모습이 나왔다. 소녀는 잔뜩 긴장된 표정으로 대학교 게시판에 붙어 있는 합격자 이름을 확인한다. 그리고 이내 목도리에 얼굴을 파묻고 만다. 소녀의 모습과 함께 나오는 내레이션은 내 가슴을 날카로운 송곳으로 푹푹 찌르는 기분이었다.

학교, 학원, 독서실, 집. 하루 15시간을 책상에 앉아 있었습니다.

37권의 문제집을 풀었고 20권의 연습장을 다 썼습니다. 그리고 대학에 떨어졌습니다.

상자에 넣어둔 책을 다시 책장에 꽂으면서 이런 생각을 했습니다.

'나는 실패한 것이 아니라 실패에 대처하는 법을 배우고 있다. 나는 더 행복해질 것이다.'

광고를 보고 멍한 얼굴로 내 방으로 돌아와 침대에 우두커니 앉아 있었다. 갑자기 스무 살에 느꼈던 기분이 떠오르면서 몸서리가 쳐졌다. 알게 모르게 내 마음속 한구석에는 배움에 대한 열망이 남아 있었던 것이다. 그도 그럴 것이 대기업에 다니는 내가 자랑스러운 한편, 아무리 시간이 지나도 대학에 대한 아쉬움은 지울 수가 없었다.

회사에서 선배들이 어디 학교를 졸업했냐고 묻거나, 부모님께서 딸의 출신학교 질문을 받았다는 얘기를 들으면 쥐구멍에라도 숨고 싶었다. 학벌을 중요하게 여기는 대한민국의 풍토에 물들었다면 물들었다고 할 수 있다. 하지만 내가 정말 속상했던 건 내 자신에게조차 떳떳하지 못한 점이 정말 싫었다. '빛 좋은 개살구'라는 속담처럼 겉으로는 남들이 부러워하는 좋은 회사에 다니지만 속은 시커멓게 앙금이 남아 있었다.

몇 해 전 한비야씨가 토크쇼에 나와서 했던 말이 참 공감이 되었다. 명문대 남학생과 만나게 된 한비야씨는 집에 초대되어 그의 어머니를 만나게 되었다. 어머니가 한비야씨를 보고 한 첫마디가 "어디 학교 다니세요?"였고 한비야씨는 고졸이라고 대답했다. 그 대답에 남학생 어머니의 표정이 일순간 싸하게 굳어졌다. 한비야씨는 그때 무시하듯 쳐다보던 남학생 어머니의 눈빛을 아직도 잊을 수 없다고 얘기했다.

나 역시 학벌 좋고 스펙 빵빵한 직원들과 함께 회사를 다니니 본의 아니게 주눅이 들었고 자격지심까지 생겼다.

'정말 그깟 대학이 머라고 몇 년이 지난 지금까지 나를 괴롭히는 거야!'

속으로 이런 생각이 들면서도 솔직한 심정은 대학 캠퍼스를 꼭 밟고 싶었다. 남들에게는 쉬워만 보이는 일들이 나에게는 어렵게 느껴지고, 경험하지 못한 것에 대한 동경이 겹쳐서 매일 나를 괴롭혔다. 그러다 우연히 좋은 기회로 이직을 하게 되었고, 새로운 업무와 환경에 적응하느라 대학 생각은 전보다 많이 줄어들었다.

두 번째 다니게 된 회사는 S기업에서 운영하는 경제연구소였고 대부분의 직원이 박사님들이었다. 박사님들과 함께 회사생활을 하고 함께 식사를 하면서 전혀 관심 없었던 경제와 사회, 정치 이슈에 대해서도 많이 알게 되었다. 박사님들은 쓰는 언어와 생각하는 점도 남달랐고, 한 박사님은 북한의 다음 후계자까지 정확하게 예측하셨다.

'확실히 배운 사람들은 뭐가 달라도 다르구나.'

박사님들 덕분에 새로운 지식을 쌓을 때마다 나의 지식 저장소가 두터워지는 느낌이었다. 입사하고 얼마 후 중국에 연구소를 새로 만들게 되었고, 내가 모시던 임원이 베이징으로 파견근무를 가시게 되었다. 그때 그 임원이 농담처럼 말했다.

"세영씨가 중국어를 잘한다면 내 비서로 함께 갈 텐데, 아쉽네요."

축하 겸 송별회 형식으로 마련한 부서 회식 자리에서 듣게 된 말이었다. 순간 속이 상하고 가슴이 아팠다. 집에 가면서 나도 모르게 눈물이 났다.

'그래! 대학에 가자. 이대로 가다간 분명 평생 한으로 남을 것 같아. 가자!'

오랜 시간 쌓아온 결심을 하고 난 뒤 혼자만의 외로운 준비가 시작

되었다. 편입 카페에 가입하고 정보를 긁어모았다. 편입시험까지는 5개월 정도의 시간이 남아 있었다. 시간이 길지 않아 조급한 마음이 있었지만, 무리하지 않고 합격 가능성이 있는 학교를 몇 군데 골랐다. 각 대학의 편입 기출문제를 풀어보고 단어를 외우면서 다시 고3이라도 된 것처럼 공부를 했다.

20대의 마지막, 스물아홉 살의 도전이었다. 아무에게도 말하지 않았다. 혹시라도 실패할까 하는 두려움도 있었고, 결과로 말해주고 싶었다. 혼자만의 준비를 마치고 편입시험을 보기 위해 나선 아침 길은 열아홉 살의 수능시험 날보다 더욱 춥게 느껴졌다. 약 십 년 전에 느꼈던 알싸한 긴장감이 몸을 감돌았다.

교실에 도착해 내 수험번호가 적힌 책상에 앉아서 마지막으로 오답노트를 훑어봤다. 부모님께는 자격증 시험을 본다고 나선 길이었다. 엄마가 아침에 싸주신 보온병에는 따뜻한 보리차가 들어 있었다. 그 보온병을 두 손으로 꼭 잡고 속으로 나에게 주문을 걸었다.

'잘하자. 떨지 말고 파이팅!'

무사히 시험을 마치고 일상으로 돌아간 나는 하루하루 애가 탔다. 빨간색 글씨로 '불합격'이라고 적혀 있거나 합격자 명단에 내 이름이 없는 악몽을 꾸면서 잠까지 설쳤다. 시험을 준비한 시간이 너무 짧은 게 자꾸 마음에 걸렸다.

가슴 졸이는 시간이 지나고 합격자 발표 날이 되었다. 어김없이 회사에 출근해 학교 홈페이지를 띄우고 발표 시간만을 기다렸다. 똥마려운 강아지 마냥 화장실만 왔다 갔다 하다가 드디어 합격자 확인을 하

© 기차여행 전문가 박준규

게 되었다.

'두근두근.'

세상에, 이렇게 긴장되는 순간도 있을까? 고3 수능 성적발표 날에도 이렇게 떨리진 않았는데 말이다. 개인정보를 적고 확인 버튼을 마우스로 누르던 그 순간. 가슴이 쿵쾅쿵쾅 방망이질을 했다. 내 심장소리가 온 사무실에 다 들리는 듯했다.

'딸깍'

확인 버튼을 누르고 눈을 질끈 감아버렸다.

"제발⋯!"

작게 읊조리며 가늘게 눈을 뜨니 흐릿한 모니터 화면에 파란색의 글씨가 보였다. 눈을 떠 모니터를 보니 아주 크고 정확하게 '합격'이라고 적혀 있었다.

순간 손에 힘이 풀리고 눈물이 나왔다. 마냥 기쁘기만 할 거라고 예상했던 것과 달리 눈물만 하염없이 쏟아졌다. 그렇게 사무실 책상에서 숨죽여 울다가 제일 먼저 부모님께 연락해 소식을 알렸다.

그렇게 나는 03학번에서 다시 10학번이 되었다. 지난 십년간 무던히도 괴롭히던 입시 실패의 트라우마에서 해방된 것이다. 누군가는 나에게 서울대에 들어간 것도 아니면서 웬 호들갑이냐고 할 수도 있다.

남들이 뭐라던 그게 무슨 상관이겠는가? 나는 오랜 시간 나를 괴롭히던 상처와 아픔을 이겨냈고 힘든 시간들을 끝까지 잘 버텨냈다. 그리고 원하던 목표를 얻었다. 이것만으로도 나 자신에게 충분히 박수를 쳐주고 싶다.

누군가가 나에게 다시 고3으로 돌아갈 수 있는 기회를 준다고 해도 돌아가지 않을 것이다. 나는 실패한 것이 아니라 실패에 대처하는 법을 배웠고, 배움을 활용해 그토록 소망하던 것을 얻었다. 그리고 더욱 행복해졌기 때문이다.

C+ 에서
A+ 되기

아침부터 거울을 보고 히죽거리며 콧노래를 흥얼거렸다. 엄마는 그런 내 모습을 보시고는 "우리 할머니 대학생님, 오늘은 무슨 공부하시나?"라고 하며 기분 좋게 놀리셨다. 회사를 다닐 때는 입이 까끌거려서 아침밥을 안 먹었는데, 등교 전에 먹는 아침밥은 맛이 기가 막혔다. 가방을 뒤로 메고 집을 나서면서 '발걸음이 이렇게나 가벼울 수가!' 하고 매번 감탄했다.

나는 다시 대학생이 된 것이다. 정말 꿈만 같은 일이 벌어졌다. 첫 등교 전날 가슴이 두근거려 잠을 설쳤다. 혹시라도 지각을 할까봐 미리 학교 가는 길을 몇 번 씩 되새김질하고 전철과 버스 시간을 계속해서 확인했다.

회사 다닐 때는 사람들 틈에 꼭 끼이는 전철이 정말 타기 싫었는데, 등굣길의 전철은 사뭇 달랐다. 아주머니가 밀어도 그러려니 하며 넘기게 되었고 회사로 출근하는 사람들 중에서 나는 대학생이라는 생각에 괜히 신이 났다.

그동안 전철에 타고 있는 대학생을 보면 '취업 준비 하느라 얼마나 힘들까?' 하는 생각이 들어 안쓰러워 보였는데, 이제는 직장인들을 보며 '회사 다니느라 얼마나 힘들까?' 하고 생각하게 되었다. 사람은 환경에 적응하는 동물이라는 말이 맞는 것 같았다.

첫 등굣길은 그동안 내가 상상해 왔던 모습 그대로였다. 코끝에 닿는 3월의 아침공기는 쌀쌀했지만 기대감과 흥분감에 가득 찬 내 마음은 아침공기와 다르게 뜨거웠다. 삼삼오오 무리를 지어 지나가는 학생들의 얼굴은 아직 앳돼 보였다.

학교에 오기 전, 수강신청을 하면서 대학생들의 고충을 절실히 느끼게 되었다. '수강전쟁'이라는 말이 괜히 생겨난 것이 아니었다. 학교 오리엔테이션에 가서 수강신청 하는 방법을 들었는데도 아리송했다. 다행히 수정이가 같은 대학 출신이라 이리저리 연락을 취해 중국어과 과대표를 소개해주었다. 수강신청 하는 법과 교수님들의 특징을 잘 알려 주어서 과목 선택하는데 굉장히 많은 도움이 되었다.

'이 교수님은 조금 깐깐하시다고 했지? 그럼 같은 과목을 가르치는 다른 교수님 수업을 들어야겠다.'

'이 교수님은 시험 대신 리포트로 대체한다고 하셨어. 그래 이 수업을 듣자!'

나름의 데이터를 정리하고 전략적으로 시간표를 짰다. 수강 정정 기간 동안 듣고 싶은 과목을 들어보고 최종 결정을 했고, 다행히 첫 학기에는 내가 원하는 수업을 그대로 들을 수가 있었다.

교수님들은 신기하게도 그 많은 학생들 중에서 편입생들을 단번에 알아보셨다. 눈에 익지 않는 얼굴들이 있어서도 그렇겠지만, 기존의 학생들과 다르게 긴장하는 모습을 눈치 채신 것 같았다.

첫 학기에는 학교 다니는 게 마냥 신이 났고, 제일 많이 갔던 곳은 학교 도서관이었다. 읽고 싶은 책들도 많고 영상실에서는 마음껏 영화를 빌려 볼 수 있어서 나에게는 신세계가 따로 없었다. 수업시간은 어찌나 즐겁던지 다시 학교 교실에 앉아 있는 나 자신이 신기하면서도 가끔은 믿기지가 않아 혼자 실실 웃기도 했었다.

고등학교 때 중국어를 제2외국어로 배웠기 때문에 학과를 선택하는 데 문제가 없었지만, 오랜만에 배우는 중국어는 발음도 문법도 모두 다 어렵게만 느껴졌다. 수업시간에 교수님께서 하시는 말씀을 전부 다 알아듣지 못했다. 집에 가서 복습하고 예습하면서 수업에 따라가려고 했지만 벅차기만 했다.

'이상하다. 분명히 고등학교 때 배웠던 것들인데, 십년이나 지나서 다 잊어버린 걸까?'

생각해보니 고등학교를 졸업한 지 10년이 다 되어갔다. 잊어버릴 만하다고 위안을 삼으려다가 이왕 중국어과에 입학했으니 열심히 해야겠다는 생각이 들었다. 모든 교재에 중국어 발음을 일일이 다 적고, 뜻을 해석하고, 단어를 미리 외웠다.

한과목당 수업이 일주일에 두 번 정도 있고 3월부터 6월 중순까지 3

개월 반 정도의 시간이 있는 셈이었다. '비싼 등록금을 냈으니 등록금만큼 뽑아내야겠다.'는 생각으로 지각도 안하고 열심히 학교를 다녔다. 가끔 지하철 대란으로 전철이 말썽을 부리는 날만 빼고.

가장 예습 복습을 많이 했던 과목의 첫 중간고사를 보고 구술 테스트까지 마친 후 교수님께서 학생들 점수를 알려주셨다. 첫 시험이고 잔뜩 기대한 것과 달리 내 성적은 처참했다. 100점 만점에 58점. 충격이었다.

나중에 알고 보니 중국어 획수를 다 틀리게 작성했던 것이었다. 중국어는 점 하나, 획 하나에 글씨가 달라지기 때문에 내가 점을 찍지 않았거나 획을 제대로 긋지 않아서 부분 점수도 없이 죄다 빵 점 처리가 되었다.

점수를 받아들고 좌절했지만 기말고사에 만회해야겠다는 생각으로 이번에는 글자 하나하나 자세히 들여다보며 필기를 했다. 나 자신도 만족할 만큼 기말고사를 잘 봤지만 이전에 본 중간고사 점수가 너무 낮은 데다가 상대 평가로 잘리다 보니 내 성적은 C+였다.

다섯 과목 중 두 과목은 C+를 받았는데, 한 개는 '중국어 회화 수업'이고 다른 한 개는 'IT중국어 수업'이었다. 획수와 발음 등이 기존의 학생들에 비해 현저히 부족했던 회화 수업과 중국어 병음으로 컴퓨터 타자를 쳐서 시험을 보는 IT수업은 나에게 가장 어려웠다. 그렇게 나는 C+를 두 개나 받으며 첫 학기를 마무리했다.

"야. 십년 만에 다시 학교 가서 그 정도면 잘한 거야!"

"그래. F 안 받은 게 어디냐? 그 정도면 선전했어."

친구들의 위로에도 나의 우울함은 쉽사리 가시지가 않았다. 나머지 성적들이 좋게 나왔다 한들 나에게는 C+의 충격이 너무나 컸다.

그렇게 여름방학이 지나고 새롭게 시작한 두 번째 학기. 처음보다 학교 다니는 것이 수월해지고 학과 친구들과도 많이 친해졌다. 이 중 지금까지 자매처럼 친하게 지내는 동생들을 만났다. 친구들의 이름은 미예와 안나, 수진이다. 이 친구들은 나보다 1년 먼저 편입해서 교수님들과 친하게 지내고 있었고, 중국어 실력도 높아서 나에게 많은 도움을 주었다.

2학기에는 확실히 수준이 높아져서 모든 과목이 어렵게 느껴졌다. 새롭게 도전한 문학 수업은 마치 어릴 때 아빠가 보시던 옥편을 보는 듯했다. 특히 우리가 흔히 신문에서 볼 수 있는 한자인 번체자(繁體字)로 중국 문학 수업을 배울 때 나의 괴로움은 배가 되었다.

몇 년 전 배우 이연걸이 주연을 맡은 영화 '백사대전'의 원작 소설인 '백낭자영진뇌봉탑'(白娘子永鎭雷峰塔, 백낭자가 뇌봉탑에 영원히 잠들다)을 배우면서 몸과 마음이 힘들었다. 하지만 대학에 와서 제대로 수업을 듣는 것 같아서 한편으로는 등록금이 아깝지 않았다.

이 수업은 해설서가 따로 없는 교재라 교수님께서 직접 수업시간에 해설을 해주셔서 몸이 아파도 수업을 절대 빠질 수가 없었다. 게다가 수업을 같이 듣는 대부분의 학생들이 중국에서 살다 오거나 교직이수를 하는 친구들이라 중국어 수준이 높았다. 그들과 함께 수업을 듣기 위해서는 내가 더 열심히 예습하고 복습하는 수밖에 없었다.

내 짝꿍이었던 수진이는 이 수업에서 나에게 은인이 되어 주었다. 몰래몰래 교수님의 수업을 녹음하고 집에서 다시 듣는 나를 보며 말했다.

"언니 진짜 열심히 하네요. 걱정 마세요. 제가 옆에서 모르는 거 다 알려 줄 게요."

수진이는 아버지가 중국 천진에서 사업을 하고 계셔서 자주 중국에 다녀왔고, 중국어 실력도 수준급이었다. 수진이 덕분에 다른 수업들도 한결 마음 편하게 들을 수가 있었다. 역시 세상은 혼자서 살아갈 수가 없다는 걸 다시 한 번 깨달았다.

시험기간에는 학교에서 가까운 미예 집에서 넷이 함께 공부하거나 도서관에서 날을 새며 시험공부를 했다. 지난 학기에 시험공부 하느라 혼자 고군분투했던 것이 생각나며 억울하기도 했지만 나이 많은 언니를 마음 열어 받아주는 동생들에게 다시 한 번 감사함을 느꼈다.

수업시간에 녹음한 내용을 밤새워 들으며 한자 한자 꼼꼼하게 눈으로

© 기차여행 전문가 박준규

익히고 손으로 썼다. 다시 수험생으로 돌아간 것 같은 마음으로 연습장을 빽빽이 채워나가는 그 느낌이 참 좋았다. 공부하느라 열두시가 넘을 때까지 내 방 불이 꺼지지 않은 것도 오랜만이었다.

그렇게 2학기가 끝나고 내가 받은 성적은 올 A! 성적표를 받아 들고 기뻐서 덩실덩실 춤을 췄다. 나는 시험을 볼 때 요령을 부리기보다 교재를 두 번 세 번 정독하는 공부법을 애용한다. 한 번 보더라도 제대로 보는 것이 낫다고 생각하기 때문이다.

일 년간 나의 뒤늦은 학교생활은 장학금이라는 큰 성과로 돌아왔다. 난생 처음 받는 장학금에 친구들은 물론 부모님, 이전 직장 동료들한테까지 축하를 받았다. 늦은 나이에 공부하겠다고 나선 딸에게 아무런 대가도 바라지 않고 묵묵히 응원해주신 부모님께 장한 딸이 된 것 같아 뿌듯했고, 나처럼 늦은 나이에 공부를 하고 싶지만 두려움이 앞서는 누군가에게 희망의 씨앗이 된 것 같아 기뻤다.

그동안 늘 다시 대학에 가는 꿈을 꾸었고 그 꿈을 이루었다. 그리고 열심히 공부해 장학금까지 받았다. 그동안 꿈꾸었던 모든 것들이 하나씩 이루어져 가는 모습에 그저 감사할 따름이었다. 앞으로 펼쳐질 서른 살의 내 미래가 또 얼마나 드라마틱할지 가슴 뛸 만큼 기대되었다.

내 20대의 마지막이 이렇게 지나가고 있었다.

29살의
크리스마스

　흔히들 말하는 '아홉수'가 드디어 나에게도 왔다. 이십대의 마지막이자 서른을 앞두고 있던 나는 대한민국의 평범한 대학생이었다. 이십대의 마지막을 대학생이 되어서 공부를 하며 보낼 거라 상상도 못했다. 스무 살 스물한 살. 아이같이 맑고 순수한 동생들과 같은 교실에서 수업을 듣고 함께 공부하면서 그래도 아직은 나이의 앞자리가 '2'라는 사실이 안심이 되기도 했다.

　스물아홉 살의 11월이 되었고 종강이 얼마 남지 않았다. 이제 한 번의 기말고사만 보면 방학을 하고 곧 서른이 된다. 새로운 경험을 앞둔 설렘과 내 인생에서 20대가 끝난다는 아쉬움, 30대의 두려움과 부담감이 한꺼번에 뒤섞여 나를 흔들었다.

　기말고사가 시작되기 한 주 전, 수업이 끝나고 집으로 가는 길에 낯익은 남학생이 나를 따라오는 기분이 들었다. 홱 하고 옆을 봤더니 그 남학생이 쭈뼛거리며 다가왔다.

"저기, 중국어 문법 수업 들으시죠? 제가 교재를 잃어버려서 그러는데 책 한번만 빌려주실 수 있을까요?"

옆에 있는 동생들이 그 모습을 보고는 키득키득 웃었다.

'여자들끼리 걸어가는데 남자 혼자 말 걸기가 얼마나 부끄러웠을까?'

남학생의 용기가 대견해 얼른 가방에서 교재를 꺼내 건네주었다.

"그러세요. 필기 하고 다음 수업시간에 돌려주세요."

남학생은 웃으면서 꾸벅 인사를 하고 돌아갔다.

며칠 후, 수업 시작 전에 교실 맨 뒷자리에 앉아 시험공부를 하고 있는데 책상위에 커피와 함께 교재가 놓였다. 고개를 들어보니 책을 빌려 갔던 남학생이 멋쩍어하며 서 있었다.

"잘 썼습니다."

눈도 못 마주치고 얼버무리며 대답을 하더니 자리로 휙 돌아갔다. 대수롭지 않게 생각하며 교재를 드는데 묵직한 것이 손에 잡혔다. 책을 펴보니 중고등학교 때나 봤을 법한 편지가 접혀 있었다.

'이게 뭐지? 본인이 필기한 걸 여기다 잘못 넣었나?'

고개를 갸우뚱거리며 편지를 열어보니 'To.정세영씨'를 시작으로 빽빽하게 글이 쓰여 있었다.

'오랜만에 올 것이 왔구나. 왜 이런 편지를 나한테 주고 난리람!'

순간, 학창시절에 예고 없이 책상 서랍 속으로 찾아오던 행운의 편지인가 싶어 빠르게 읽어 내려갔다. 그런데 이게 웬일인가? 그 편지는 행운의 편지도, 종교 가입 신청서도 아닌 정말 순수한 '연애편지'였다. 한 줄 한 줄 읽어 내려가면서 나도 모르게 피식 웃음이 나왔다.

편지 내용을 요약하자면, 이 친구는 타과 생으로 이번 학기에 중국어 수업을 처음 듣게 되었다. 나와는 수업이 세 과목이나 겹쳐서 자연스레 내 이름과 얼굴을 알게 되었고 자신도 모르게 한 학기 동안 내가 좋아졌다는 것이다. 그래서 일부러 책을 빌리는 척하면서 이 편지를 꽂아 두었다고 했다.

'어쩌면 좋아, 왜 하필 나를…'

편지를 받고 기분이 좋은 것보다는 미안한 생각이 들었다. 이 친구는 스물네 살이었고 내가 본인 또래인 10학번이라고 생각하고 있었다. 실상은 스물아홉, 03학번인데 말이다. 알고 나면 얼마나 깜짝 놀랄까?

편지 말미에는 곧 다가올 크리스마스를 함께 하지 않겠느냐는 깜찍한 프러포즈도 담겨 있었다. 본인이 맘에 들면 다음 수업이 끝나고 복도로 나오고, 그렇지 않으면 바로 집으로 돌아가라는 선택사항을 남기는 터프함까지.

생각이 복잡해졌다. 정말 순수한 마음으로 오랜 고심 끝에 고백한 것일 텐데 어떻게 좋은 방법으로 거절해야 할지 고민이 됐다.

"아이고 어쩌면 좋니? 어린 친구가 할머니 대학생을 좋아하게 되었구나."

엄마 역시 진심으로 안타까워하시며 내일 학교에 가서 그 친구에게 잘 설명하라고 하셨다. 이십대의 마지막 이벤트인 걸까? 대학생이 되고 나니 별일이 다 생기는 것 같았다. 사실 이런 일이 처음은 아니었다. 어느 날은 버스 정류장에서 남학생이 택시 합승을 제안했다. 시간도 아낄 겸 그러자 하고 함께 학교에 도착하니, 연락하고 지내자며 번호를 달라고 한 적이 있었다. 어떤 남학생은 교양수업 과제 때문에 말을 걸었더니 자기 연락처를 주며 궁금한 점이 있으면 언제든 연락하라고 호의를 베풀었다. 그때마다 이미 그 나이 대에 할 수 있는 모든 것들을 지나온 나에게는 그런 행동들이 귀엽게만 느껴졌다.

하지만 이 연애편지의 주인공은 좀 달랐다. 편지에서 진심이 느껴졌다. 엄지손가락 두 개로 몇 번만 움직이면 만남과 헤어짐을 너무나 쉽게 할 수 있는 요즘 세상에 한 자씩 꾹꾹 눌러 쓴 손 편지라니.

오랜만에 학창시절 친구들과 주고받았던 쪽지와 카드, 비밀 일기장 등이 떠올라 과거의 향수에 젖어들었다. 역시 기계가 아무리 발전해도 마음을 따뜻하게 해주는 건 아날로그 감성이 아닐까?

드디어 마지막 수업시간. 한 시간의 수업이 그 친구나 나나 정말 길게 느껴졌을 것이다. 물론 서로 다른 의미로 말이다. 수업이 끝나고 일부러 가방정리를 늦게 하면서 열린 교실 문 쪽을 쳐다보니 그 남학생이 복도 끝에 서 있는 것이 보였다. 착잡한 마음으로 그 친구에게 다가가 말을 걸었다.

"안녕하세요. 어제 편지는 잘 받았습니다. 그런데…"

남학생은 눈을 깜빡거리며 내가 무슨 말을 할지 기다리고 있었다.

"죄송해요. 실은 제가 뒤늦게 편입을 해서 나이가 좀 많아요. 그리고 내년에 중국 교환학생을 가게 되어서 누구를 만나기가 힘들 거 같아요."

남학생은 의아해 하며 물었다.

"몇 살이신데요?"

"저, 스물아홉 살이에요."

"네?!"

남학생은 눈이 똥그래지면서 갑자기 고개를 숙여서 나에게 배꼽인사를 했다.

"아 죄송합니다. 제가 실수를 한 것 같네요."

남학생의 말에 괜스레 더 미안해졌다.

"아니에요, 분명 좋은 여자 친구 만나실 거예요. 방학 잘 보내고 공부 열심히 하세요."

그 인사를 끝으로 2학기도 끝이 났고 겨울방학이 시작됐다. 지금 그 친구는 졸업을 하고 취업을 했거나 아니면 취업준비를 하고 있을 것이다. 그때 나에게 보여준 그 친구의 행동은 20대만이 가질 수 있는 순수함과 패기였다. 나도 저 나이 때 저런 용기가 있었나 하고 생각해봤다. 잠시였지만 직접 쓴 손 편지로 잊고 있던 나의 소녀감성을 건드려준 남학생의 로맨틱함에 감사했다.

한편으로는 20대에는 친구를 만드는 것에 스스럼이 없고 누군가를 알아 가는데 거침없는 모습들이 부럽기도 했다. 나이가 들면서 누군가를 만나는 것도, 새로운 친구를 사귀는 것도 조심스러워졌다. 아마도 마음보다는 머리로 먼저 생각하고 다가가기 때문이 아닐까?

인생에서 다시 오지 않을 20대. 그 중 29살은 조금 더 특별하게 기억될 것이다.

항상 마음속으로 꿈꾸었던 공부, 내가 초등학교 2학년 때 태어났던 친구들과 함께 했던 강의실, 기말고사 전날 밤을 꼴딱 샜던 학교 도서관, 내 나이를 알고 예의를 갖춰 존댓말을 했던 조교, 박사 공부 중이냐고 물었던 교수님, 내 이름이 새겨져 있던 학생증, 오랜만에 받아 본 성적표와 등록금 고지서, 재잘재잘 떠드는 학생들이 가득한 등굣길 버스.

20대의 끝자락에서 느낄 수 있었던 배움에 대한 감사함과 소중함은 아마 내 생이 다하는 그 순간까지 마음속 깊이 남아 있을 것이다.

나중에 후회하면
어떡하지?

　나의 20대를 몇 가지 단어로 정리하자면 '실수', '후회', '도전', '열정', '만남'이 떠오른다.

　선택의 기회가 많아지면서 후회 역시 생길 수밖에 없다. 가보지 못한 길에 대한 후회는 늘 남기 마련이다.

'그 사람을 만나지 말았어야 해.'
'내가 그곳에 갔어야 했는데.'
'그때 반대의 선택을 했어야 해!'

　밤이 되면 이불 속에서 눈을 깜빡거리며 '그동안 내가 했던 바보스럽고 한심하기 짝이 없는 후회스러운 순간들'을 찾아내느라 잠을 못 이룬 적도 있다. 누가 보는 것도 아닌데 괜히 부끄러워져서 이리저리 뒤척거리고 이불을 발로 차면서 좋지 않은 기억들을 떨쳐내기 위해 몸부림쳤다. 지금까지 내가 한 실수들을 만회할 기회만 있다면 얼마를 줘서라도 시간을 되돌리고 싶었다.

아무 일 없이 회사를 잘 다니면서도 마음이 공허했던 순간들이 있었다. 아무리 자기계발서를 읽고, 친구들과 수다를 떨고, 좋은 강연을 찾아 들어도 마음은 늘 허전했다. 이러지도 저러지도 못하고 갈팡질팡하는 내 마음을 달래주는 것은, 한 달에 한번 찾아오는 월급날이었다. 하지만 대부분의 직장인들이 그렇듯이 월급날의 기쁨은 길어봤자 일주일이었다.

대학생이 되고 나서 가장 행복했던 것은, 그 누구도 나에게 스트레스를 주지 않는다는 점이었다. 온전히 나 자신과 함께 할 수 있는 시간이었다. 내가 듣고 싶은 수업을 선택해서 듣고, 읽고 싶은 책을 마음껏 읽고, 공부하고 싶으면 하고, 쉬고 싶을 때 원하는 만큼 쉴 수 있는 시간들. 어른들이 왜 "학생일 때가 가장 행복한 때."라고 하시는지 알 것 같았다.

더 이상 후회스러운 삶을 살고 싶지 않아서 선택한 것이 다시 학교에 입학해서 공부하는 것이었다. 그리고 그 꿈을 이루고 나니 이번에는 다른 것에 욕심이 생겼다. 그것은 바로 '교환학생'이었다. 중, 고등학교 시절 늘 꿈꾸었던 대학생활은 캠퍼스의 낭만도, 학과 엠티도 아닌, 외국 교환학생이었다.

'중어권 자매대학 교환학생 선발 모집'

우연히 학교 홈페이지에서 이 문구를 발견하고 가슴이 콩콩 뛰었다.

'나도 지원할 수 있을까?'

솔직히 자신이 없었다. 나이에 민감한 사회생활을 하다 보니 나도 모르게 나이에 위축되어 있었다. 서류전형과 면접을 거쳐 선발한다는 글을 읽고 우선 자격 요건이 되는지 담당자에게 물어봤다.

"지원 가능해요. 웹정보에 들어가서 지원서 작성하시면 됩니다."

모집하는 지역은 베이징, 광둥, 하얼빈 세 곳이었다. 지역을 선택하기 어려워서 유학 경험이 있는 같은 과 동생들에게 물어보았다. 광둥은 남쪽 지역이라 여름에 무척 덥고, 발음이 표준어와 조금 다르다고 했다. 하얼빈은 발음은 깨끗하고 좋지만, 겨울에 어마어마하게 춥다고 조언해 주었다.

'옛말에 말은 제주로 사람은 서울로라고 했지? 어딜 가도 수도가 좋을 거야.'

단순하게 생각하고 1지망에 베이징만 적어서 지원했다. 2지망은 깨끗하게 비워둔 채. 그때 무슨 자신감으로 1지망만 썼는지 모르지만 왠지 될 거라는 확신이 있었던 것 같다.

순조롭게 지원을 하고 기대감에 부풀어 있었는데, 왜 예상치 못한 일은 늘 긴박하고 갑작스럽게 다가오는 건지 모르겠다.

"세영씨, 이번에 갑자기 성적표가 필요하다고 하시네요. 지금 학교에 올 수 없으니까 제가 대신 홈페이지에 접속해서 프린트 할 게요. 학번이랑 비밀번호 좀 알려주세요."

학교 수업이 없는 날 오후 4시 쯤 조교에게서 전화가 왔다. 바로 학번과 비밀번호를 알려주고 소식을 기다리고 있는데, 다시 전화가 왔다.

"세영씨, 혹시 도서 연체된 거 있어요? 그거 때문에 성적표 프린트가 안 되네요. 확인해보세요.”

이게 무슨 청천벽력 같은 말인가? 전화를 끊고 아무리 생각해 봐도 책이 연체된 기억이 없었다. 책을 빌리면 무조건 3일 안에 읽고 바로 반납했기 때문이다.

'이상하다. 그럴 일이 없는데…, 설마!'

아차 하고 기억을 더듬어보니, 다른 학과 친구가 학생증을 안 가져 와서 내 이름으로 책을 빌려준 기억이 났다. 도서관에서는 연체를 방지 하고자 책을 반납하지 않으면 증명서 출력이 안 되도록 해놓은 것이었 다. 편입생인 나는 그런 정보를 전혀 몰랐기 때문에 발만 동동 구를 뿐 이었다.

시간이 얼마 남지 않았다. 부랴부랴 도서관에 전화를 걸었는데 받지 를 않았다. '똥줄이 탄다.'라는 말이 이럴 때 쓰는 말이었다. 이리저리 전 화를 네 번 정도 연결해서 겨우 학교 도서관 담당자와 연락이 닿았고 사 정을 설명했다. 정말이지 눈물이 날 지경이었다.

“알겠습니다. 이번 한번만 해드리는 거니까 내일 바로 도서 반납해 주세요.”

“네. 감사합니다. 정말 감사합니다.”

그렇게 무사히 성적증명서를 출력하고 교환학생 지원이 마감되었다. 중국 가기 전부터 험난한 여정이었다. 책을 제때 반납하지 않은 친구가 정말 미웠지만, 그보다 학생증을 빌려주고 연체 사실을 확인하지 않은 내 잘못이 컸기에 누구도 원망할 수가 없었다. 이 일을 계기로 개인정보 는 절대 남에게 빌려주지 말아야겠다는 사실을 뼈저리게 느꼈다.

교환학생 면접 당일, 긴장된 마음으로 중국어 교수님 두 분과 면접을 보게 되었다. 예상대로 같이 면접 보는 친구들은 모두 20대 초반이었고, 중국어도 꽤나 잘하는 학생들이었다.

"본인이 왜 꼭 중국에 가야 하는지 이유를 말해 주겠어요?"

첫 번째 친구는 중국 회사 입사를 위해 미리 중국을 체험하고 싶다고 답했다. 두 번째 친구는 일본어를 전공하다가 중국어에도 관심이 생겨서 이 기회를 놓치지 않겠다는 열정을 내비쳤다. 그리고 다음은 내 차례였다.

"지원서를 보시면 알겠지만, 제 나이가 좀 많습니다. 회사를 다니다가 중국어 공부를 하고 싶어서 편입을 하게 되었고, 열심히 공부해서 현재 교환학생까지 지원하게 되었습니다. 그동안 다양한 경험을 하면서도 늘 가슴속에는 배움에 대한 열망이 있었습니다. 중국에 가서 더 많은 것을 배우고 느끼고 오고 싶습니다. 이것만으로도 제가 중국에 가야 하는 이유가 충분하다고 생각합니다."

교수님 두 분은 이력서의 내 나이를 보고는 화들짝 놀라시다가 답변을 듣고는 이해한다는 표정을 지어주셨다. 예감이 좋았다.

며칠이 지나고 교환학생 합격자 발표가 났다. 결과는 아쉽게도 불합격. 내가 지원했던 베이징으로 가는 학생은 상경계열이었고, 학과 성적이 나보다 좋았다. 1지망만 썼던 나는 자연히 떨어질 수밖에 없었다. 속상했지만 학교에서 열심히 공부해야겠다는 생각으로 마음을 달랬다.

다음 에피소드에서도 다루겠지만, 나는 면접을 볼 때마다 징크스가 있다. 예감이 좋으면 불합격이고, 예감이 별로이면 합격이다. 거기다 한 가지 더하자면, 나는 추가 합격 전문이라고 할 수가 있다.

"중국어과 10학번 정세영 학생 맞죠? 여기 국제처인데요, 지금 하얼빈 공정대학교랑 광저우 학교 1명씩 모자라서 추가모집 하고 있어요. 혹시 갈 생각 있나요?"

이날도 수업이 없는 날이라 집에서 추리닝 바람에 과제를 하고 있다가 전화를 받았다. 너무 놀라 말까지 더듬었다.

"지금 하얼빈이랑 광저우 중에 고르라는 건가요?"

"네, 안 가실 거면 지금 말해주세요. 다음 학생에게 전화 돌려야 하거든요."

간절히 원하면 이루어진다더니! 기쁨의 시간도 잠시, 학교 선택을 위해 5분만 시간을 달라고 말씀을 드리고 부리나케 같은 과 동생들에게 전화를 돌렸다. 하얼빈이냐 광동이냐? 나에게는 정말 어려운 선택이었다.

"하얼빈으로 가 언니. 중국 아나운서들이 하얼빈 출신이 많대. 그만큼 발음이 깨끗해."

대다수의 친구들이 하얼빈을 추천해 주었다. 교수님께서도 하얼빈이 공부하기 좋을 거라고 하셔서 '하얼빈 공정대학교'로 최종결정을 하게 되었다. 그때까지만 해도 하얼빈 하면 안중근 의사와 매서운 추위, 눈, 얼음만 생각 날 뿐이었다.

교환학생을 가기 전에 준비하는 과정도 만만치 않았다. 하얼빈은 4월까지 추운 날씨여서 따뜻한 옷은 죄다 꺼내서 압축하고 꽁꽁 쌌다. 거기에 노트북과 책, 이불 등을 더하니 이삿짐이 따로 없었다.

"이거 다 싸들고 시집가면 좋겠다. 집에 물건들 없어지니까 좋네."

엄마는 우스갯소리를 하셨지만 태어나 처음 혼자 외국에서 살 딸이 걱정되셨을 것이다. 추울 걸 미리 짐작해서 단단히 싸매고 떠난 하얼빈은 예상보다 더 추웠다. 설상가상 떠난 날 폭설이 내려서 비행기가 두 시간이나 연착되었다. 도착하기 전부터 진이 빠졌지만 내 서른의 시작을 중국에서 한다는 사실이 나를 설레게 만들었다.

"우와 눈이다!!"

하얼빈 공항에 도착하니, 발이 푹푹 빠질 정도로 온통 눈밭이었다. 눈을 워낙 좋아해서 어릴 때부터 눈썰매장이나 스키장을 자주 찾던 나도 하얼빈의 눈 앞에서는 무릎을 꿇었다.

북극에 가도 거뜬하다는 호주 아저씨의 말에 혹해서 사온 어그 부츠는 하얼빈 눈에는 무용지물이었다. 부츠가 눈에 다 젖어서 못 신게 되자, 결국엔 엄마가 한국에서 장화를 소포로 보내주셨다. 눈이 온 길은 사람들이 밟고 자동차가 지나다녀서 온통 잿빛이었다. 아마 내 평생에 볼 눈을 하얼빈에서 다 보고 온 것 같다.

눈 때문에 유학 초반에는 조금 고생했지만, 중국에서의 유학생활은 정말 황홀했다. 하얼빈은 건물들이 러시아 양식으로 지어져서 참 이국적이다. 한국의 명동을 연상시키는 하얼빈의 관광 명소인 중앙대가(中央大街)는 유학생활 중 가장 많이 갔던 곳이다. 아직도 골목골목의 상점들과 거리의 풍경이 눈을 감아도 생생하다.

중국 음식은 정말 맛있었다. 유학중인 한국 여학생들과 얘기를 나눠 보면 다들 살이 찌니 조심하라고 경고까지 해줄 정도였다.

한국에 있는 가족과 친구들은 내 안전을 걱정했지만 기우(杞憂)였다. 하얼빈 사람들은 정말 순수했고 한국 사람에게 무한 친절을 베풀었다. 버스나 택시를 타면 사람들은 우리에게 꼭 한마디씩이라도 말을 걸었다. 거리를 지나다니면 "韩国美女的皮肤很好。"(한국여자들은 참 피부가 좋아)라는 말을 매번 들었다.

한번은 식당에서 밥을 먹고 있는데, 옆에 앉아 있던 남학생이 식사 값을 지불하는 것이었다. 이참에 중국 친구를 만들어보자는 마음에 연락처를 서로 주고받았다. 그런데 이 친구는 이성으로 호감을 가지고 연락을 해서 한국에 돌아가는 날까지 곤혹스러웠다. 그 후로는 주로 중국 여학생들과 친하게 지냈고, 서로 중국어와 한국어를 가르쳐 주기도 했다. 정말 많은 친구들을 만났고, 많은 경험을 했고, 많이 배웠던 소중한 시간이었다.

유학생활 중 한 가지 뿌듯했던 경험이 있다면 학기 중간에 열린 운동회에 참석한 것이다. 전교생 2만여 명이 모두 참여하는 가장 큰 행사였다. 운동회가 열리기 일주일 전 유학생 담당 선생님이 나를 불렀다.

"이번 운동회 때 외국인 학생들이 각 나라의 의상을 입고 퍼레이드를 할 건데 네가 한국 학생을 대표해서 한복을 입고 참여해보면 어떻겠니?"

선생님의 말씀에 조금 망설이다가 특별한 추억으로 남을 거 같아서 하겠다고 대답했다.

운동회 당일, 운동장에는 어마어마한 학생들이 모였고 '역시 중국이구나.'라는 생각이 들만큼 규모가 거대했다. 혹시라도 실수할까봐 걱정도 되었지만, 마음을 다잡고 각자 자기 나라의 민속의상을 입고 참석한 외국 친구들과 함께 운동장을 돌며 퍼레이드를 시작했다. 작은 태극기를 들고 흔들면서 걸어갔는데 뭔가 모르게 가슴이 뭉클했다.

퍼레이드가 끝나자 여기저기서 함께 사진 찍자는 요청이 쇄도했고, 뿌듯한 마음으로 당당히 태극기를 들고 사진을 찍었다. 운동회 중간에는 한국 학생들이 '강남 스타일'에 맞춰 춤을 추기도 했는데 학생들 반응이 그 어느 때보다 최고였다.

나중에 후회하지 않기 위해 대학에 입학했고, 내가 꿈꾸었던 교환학생도 다녀왔다. 만약, 그때 교환학생 지원을 못했다면 어땠을지 생각만 해도 끔찍하다. 그만큼 중국에서 공부했던 시간은 내 인생에서 가장 자유롭고 행복했던 최고의 순간으로 남아 있다.

"비록 아무도 과거로 돌아가 새 출발을 할 순 없지만, 누구나 지금 시작해 새 엔딩을 만들 수 있다." -칼 바드-

앞으로도 하고 싶은 일이 있다면 주저하지 않고 도전할 것이다. 나중에 후회하지 않기 위해.

기차 타고
하얼빈에서 장춘까지

중국 교환학생 시절에 특별한 기억으로 남는 것이 있다면 바로 '중국 기차여행'을 제일 먼저 꼽고 싶다.

나는 어디에 오래 앉아 있는 성격이 못 된다. 공부를 할 때도 진득하게 앉아서 하는 것보다 눕거나, 등을 벽에 기대거나, 돌아다니면서 하는 것이 집중하는데 더 도움이 된다. 미용실은 일 년에 두 번 정도 가는 편인데, 세 시간 정도 앉아 있는 것이 너무 지루해서 가기 전에 겁부터 난다. 그런 내가 중국에서 기차여행을 했다니, 스스로에게 칭찬해줄 일이다.

기차여행을 하겠다고 마음먹은 이유는 웃기게도 '양념치킨' 때문이었다. 지금은 드라마 '별에서 온 그대'의 영향으로 중국에 '치맥' 열풍이 불었지만, 그때 당시만 해도 하얼빈에서 치킨은 구경하기 힘들었다. 학교 근처에 비슷한 게 있다면 '지파이'라고 해서 닭 가슴살을 넓찍하게 펴서 돈가스처럼 튀긴 것이 있었다. 식당에도 비슷하게 생긴 닭요리가 있었지만 내가 찾는 한국의 양념치킨과는 확연히 달랐다.

'다리 달린 것 중에는 책상, 하늘을 나는 것 중에는 비행기만 빼고 다 먹는다.'는 유명한 말처럼 중국 음식은 정말 다채롭고 신비스럽기까지 했다. 가격은 싸고 양은 많고 맛은 최상이니 유학생들이 살이 찌는 이유가 있었다.

나는 양고기를 좋아해서 저녁마다 양꼬치를 20~30개씩 먹었는데 신기하게도 몸무게 변화가 없었다. 양고기는 다른 육류에 비해서 칼로리와 지방이 낮다고 하는데 사실이었던 것 같다.

중국 황제 부럽지 않게 매일 입과 위가 호사를 누렸지만 딱 한 가지 '양념치킨'이 몹시도 그리웠다. 빨간 양념을 엄지손가락과 집게손가락에 가득 묻히고 따뜻한 닭다리를 뜯어먹는 상상을 수도 없이 했다. 한국에 있는 친구들에게 양념치킨 사진을 전송받아 보면서 침을 삼키길 여러 날, 우연히 인터넷 블로그에서 중국에 치킨집이 있다는 글을 보게 되었다.

'할렐루야! 그런데, 장춘? 장춘이 어디지?'

양념치킨 집은 하얼빈이 아닌 장춘에 있었다. 하얼빈에서 기차로 세 시간 정도의 거리였다. 메뉴를 보니 어묵탕과 골뱅이, 떡볶이 등 사진만 봐도 군침이 돌아 견딜 수가 없었다.

'양념치킨이 있다니! 여긴 꼭 가야 해! 무슨 일이 있어도 갈 거야!'

사람의 식탐은 생각보다 대단한 것 같다. 양념치킨 하나 먹겠다고 세 시간을 넘게 기차 타고 다른 지역으로 간다니. 남들은 문화 체험이나 유적지를 보러 가는데, 나는 여행 목적이 단지 양념치킨이라는 것이 너무 원초적으로 느껴졌다.

'그래. 먹고 죽은 귀신은 때깔도 좋다던데, 먹고 싶은 게 있으면 먹어야지. 가자!'

때마침 중국의 연휴인 노동절이라 기차여행 가기 안성맞춤이었다. 담임선생님께 말씀을 드리고 타 지역으로 나간다는 확인서를 받은 뒤 기차표를 끊었다.

다음 날 기차표와 치킨 집 주소만 들고 기숙사를 나서서 하얼빈역으로 갔다.

"하얼빈역으로 가주세요."

택시 기사님께 기차표를 보여주면서 이 시간까지 가달라고 하자 기사님 표정이 안 좋았다. 왜 그런 가 했더니 10분이면 도착할거라 생각하고 나왔지만 20분이 넘게 걸리는 거리였다. 게다가 차는 또 왜 그리 막히던지. 택시 안에서 동생들과 함께 가슴을 졸였다.

"어떡해! 기차 놓치면 안 되는데."

"아니야, 한국도 뛰어가면 가끔 기차가 기다려 주잖아. 탈 수 있을 거야."

서로 안심을 시키며 하얼빈역에 도착하니 출발시간 10분 전이었다. 충분히 탈 수 있을 거라 생각하고 역으로 들어갔는데, 역시 중국답게 사람이 어마어마하게 많았다. 거기에 예상치 못했던 짐 검사까지 하는 바람에 출발시간이 촉박해져 갔다. 공항처럼 여행자들의 모든 짐을 엑스레이로 검사하는 것이었다.

"어떡해! 어떡해!"

겨우 짐을 찾아서 숨이 턱에 걸쳐지게 뛰어갔다. 기차 타는 곳 앞에 역무원 아저씨가 서 있었다.

"아, 다행이다!"

시간을 보니 다행히 출발 2분 전. 안도의 한숨을 쉬며 역무원에게 기차표를 내밀었지만 아저씨는 무표정으로 말했다.

"입장할 수 없습니다."

아저씨의 말에 황당한 표정으로 시계를 가리키며 시간이 아직 남았다고 하자, "출발 2분 전부터는 입장할 수 없습니다."라는 짧은 한마디를 남기고 홈 안으로 들어가 버렸다.

이럴 수가! 중국이 이렇게 시간을 엄수하는 나라였다니. 그동안 독일 사람들만 철두철미하다고 생각했는데 중국이야말로 시간개념의 일등 주자였던 것이다. 결국 우리는 표를 환불하고 한 시간 뒤 기차를 기다려서 탔다. 일부러 기차에서 자려고 전날 밤잠도 안 잤는데 좌석이 매진이라 입석으로 서서 갔다.

'내가 미쳤지. 양념치킨 하나 먹겠다고 이 긴 시간 동안 기차를 타다니!'

붉으락푸르락 혼자 성을 내며 세 시간 정도를 서서 장춘역에 도착했다. 장춘은 하얼빈과는 또 다른 느낌이었고, 밖에 나와서 보게 된 장춘 역사는 정말 거대했다. 중국은 '크다'라는 말로는 표현이 잘 안되고 '거대하다'나 '장엄하다'라는 표현이 더 어울리는 것 같다.

역에 나와서 바로 양념치킨 집을 찾아갔다. 기차를 놓쳤을 때 다시 기숙사로 돌아가고 싶은 마음이 굴뚝 같았지만 오직 양념치킨을 먹겠다는 의지 하나로 꾹 참았다. 양념치킨 집을 찾으러 가는 길 역시 험난했다. 우선은 택시가 안 잡혔고, 택시로 가기에 조금 먼 거리라서 기사들이 좀처럼 가려고 하지 않았다. 사정사정해서 한 기사님을 설득해 주소에 있는 곳으로 가달라 했고, 우리는 그렇게 하얼빈에서부터 장장 6시간이 걸려 치킨 집에 도착했다.

'대체 얼마나 맛있기에 나를 이렇게 고생시키는 거야? 두고 봐라. 맛없으면 내가 인터넷에 거짓말이라고 올려버릴 테니!'

고픈 배를 움켜쥐며 식당 벽에 기대어 지친 몸을 쉬었다. 그때 심정은 치킨이고 뭐고 빨리 기숙사로 돌아가서 자고 싶었다.

"자, 주문하신 양념치킨과 골뱅이 나왔습니다."

익숙한 말투에 눈을 뜨고 보니 내가 그토록 찾아 헤맨 바로 그 양념치킨이 눈앞에 있었다.

"어머나, 세상에! 이 빛깔 좀 봐!"

나도 모르게 소리를 지르며 닭다리를 잡았다. 사장님은 센스 있게 음

식 위에 검정깨까지 뿌려 주서서 더욱 먹음직스러워 보였다.

　한입 가득 닭다리를 물었다. 그리고 터져 나오는 탄성들. 예전에 정글 탐험 프로그램에서 며칠간 굶다가 스태프들의 라면 국물을 얻어 마시고는 맛있다며 몸부림을 치던 연예인들의 모습이 참 우스꽝스러웠는데, 이때 내 모습이 바로 그 모습이었다.

　아침부터 고생했던 게 눈 녹듯 녹으며 환희로 가득 차는 순간이었다. 한국에서는 흔하게 볼 수 있는 양념치킨이 중국에 오니 귀한 음식이 되어 있었다. 그 뒤로 한 번 더 장춘에 가서 양념치킨과 골뱅이를 먹었다. 편도 세 시간, 왕복 여섯 시간이 넘는 시간이었지만 전혀 아깝지 않았다.

지금도 서울역으로 출근하면 가끔 그때가 떠오른다. 출발 1,2분을 앞두고 뛰어오거나 출발하는 열차에 대고 손을 흔들며 내려오는 손님들을 볼 때마다 하얼빈 역무원 아저씨가 생각난다.

'기차 출발시간이 다 되어도 손 흔들면 기다려 주겠지?'

이런 생각을 하는 사람들이 생각보다 많이 있다는 사실에 가끔 놀란다. 나 역시 하얼빈에서 그렇게 생각하지 않았던가? 이제 '코리안 타임'은 옛말이라고 생각했지만, 출발시간이 다 되도록 느긋하게 걸어오는 승객들을 보면 가끔 안타까운 마음이 든다.

중국에서 기차여행은 나에게 두 가지를 남겨 주었다.

첫째는, 먹고 싶은 것 또는 하고 싶은 것이 있으면 주저하지 말고 실행하라는 것. 생각보다 더 큰 기쁨과 내가 몰랐던 것들을 배울 테니.

두 번째는, 시간을 잘 지키자는 것. 시간은 한정되어 있고 누구에게나 공평하게 주어지지만 어떻게 쓰느냐에 따라 달라진다. 시간을 얕잡아 봤다가는 그보다 더 많은 시간과 돈을 헛되게 보낼 수 있다.

양념치킨을 목표로 떠났던 내 첫 중국기차 여행은 이런 훈훈한 교훈을 남겨 준 내 소중한 추억이다.

나는
등골 브레이커

"옛말에 아들은 큰 도둑이고 딸은 작은 도둑이라고 했는데 그 말이 맞나 보다."

전화기 너머 들리는 엄마의 말에 가슴 한편이 욱신거렸다.

'30만원 보냈다. 맛있는 거 사먹고 동생들도 맛있는 거 많이 사줘.'

전화를 끊고 엄마에게서 온 문자였다. 엄마에게는 30만원이 큰돈이었나 보다. 나에게는 이거 떼고 저거 떼고 나면 남는 게 없는 적은 돈인데.

중국 학교 학비는 장학금을 받아서 면제가 되었지만 생활비는 개인 부담이었다. 전기세, 인터넷, 전화비, 수도세, 식비 등이 매달 나갔다. 초반에 기숙사에 들어와 보니 냉장고와 가스레인지, 침대, TV 같은 가구를 제외하고는 아무것도 없어서 젓가락부터 휴지까지 모두 사야 했다. 사람 한 명이 생활하는데 필요한 물건이 어쩜 그렇게도 많던지 새삼 놀랐다.

아빠의 진급으로 부모님만 따로 지방 관사에서 지내신 적은 있지만

나 홀로 집을 나와 가족과 떨어져 사는 건 처음이라 모든 게 낯설었다. 오히려 같이 공부하는 어린 동생들이 참 대견하게 느껴졌다.

결혼 전 외국에 나가 일정 기간 혼자 살아보는 게 꿈이었다. 그런데 막상 외국에 나와 보니 만만치가 않았다. 특히 전기는 선불로 미리 얼마치 돈을 내고 충전해서 쓰는 거라 갑자기 전기가 나가곤 했다. 하루는 샤워하는데 전기가 나가서 깜깜한 욕실에서 얼마나 무서웠는지 모른다. 나중에는 전기가 얼마나 남았는지 체크하고 사용하는 노하우도 생겼다.

20대 초반에 독립하고 싶은 생각을 자주 하곤 했다. 회사 근처 오피스텔에서 나만의 취향대로 집을 꾸미고 친구들을 초대해 파자마 파티를 하는 모습, 주말 아침에는 운동을 하고 저녁에는 놀러온 가족들에게 요리 솜씨를 뽐내는 모습. 이게 바로 내가 꿈꿨던 독립생활이다.

하지만 현실은 상상만큼 우아하거나 즐겁지 않았다. 조금만 신경 쓰지 않으면 쓰레기통은 넘치고 화장실에는 물때가 꼈다. 냉장고 음식은 유통기한이 지나서 못 먹는 경우도 있었다. 집에서는 숟가락만 들고 엄마가 차려준 아침밥을 먹으면 되었는데 중국에서는 하나부터 열까지 모든 걸 다 내가 해결해야 했다. 그 중 화장실 청소하는 것이 제일 고역이었다. 하지만 어차피 내가 써야하는 공간이니 눈 딱 감고 정기적으로 청소를 했다.

한 달 정도 지나서 음식과 생활들이 적응되고 나니 새삼 엄마의 소중함을 느끼게 되었다. 아무리 버려도 넘치지 않는 휴지통과 항상 빳빳하게 다려져 있는 남방, 보송보송하게 잘 마른 수건들, 마셔도 마셔도 줄지 않는 냉장고 속 보리차, 그리고 향긋하다 못해 물기 하나 없는 화장실 바닥까지.

어느 곳 하나 엄마의 손길이 닿지 않은 곳이 없었다. 아무 생각 없이 지냈던 집안 곳곳에는 엄마의 숨은 봉사와 가족에 대한 사랑이 깃들어 있었던 것이다. 집안 모든 곳이 엄마의 정성이었다.

한때 회사를 다니면서 기상 캐스터가 되려고 준비한 적이 있다. 회사에 오래 다니다 보니 매너리즘에 빠졌는데, 때마침 친구가 아나운서 준비를 한다고 아카데미 학원에 다녔다. 어느 날 친구와 저녁약속을 해가지고 아나운서 학원으로 갔다가 우연히 기상 캐스터에 관심을 가지게 되었다. '친구 따라 강남 간다.'는 말처럼 친구 따라 아나운서 학원에 갔다가 등록까지 하게 되었다. 그렇게 6개월 정도 학원을 다니며 기상 캐스터 준비를 했다.

처음에는 학원에서 내주는 과제가 벅차기도 했지만 카메라 테스트도 받고 면접 볼 의상도 준비하면서 곧 방송이라도 할 것 같은 기대에 마음이 벅찼다. 하지만 처음으로 본 면접에서 보기 좋게 탈락을 했다. 아빠 몰래 엄마에게만 얘기를 하고 준비한 것이어서 부끄럽기도 하고 자존심도 상했다.

'그럼 그렇지. 무슨 헛바람이 들어서 그 비싼 돈을 내고 학원을 다녔을까? 멍청하기는!'

스스로 자책하면서도 엄마에게 죄송해서 눈물이 났다. 엄마는 내가 무엇을 준비한다고 했을 때 단 한 번도 반대하신 적이 없고 오히려 지원을 아끼지 않으셨기 때문이다.

결국 아까운 학원비만 날렸지만 사람 일이란 모르는 법. 그때 배웠던 말하기 교육이 지금 기차에서 마이크를 잡고 방송하는데 큰 도움이 되고 있다. 역시 배워두면 다 쓸모가 있는 것 같다.

몇 해 전 한 유명 등산업체 잠바가 고등학생들 사이에서 크게 유행했다. 길에 다니는 몇몇의 학생을 제외하고는 대부분 그 브랜드의 잠바를 입고 있었다. 40만원이 훨씬 넘는 고가의 잠바를 고등학생들이 어떻게 입고 다닐까? 바로 부모님의 지갑에서 나온 옷일 것이다. 그 잠바가 갖고 싶어서 친구가 입고 있는 잠바를 뺏거나, 매장에서 부모님과 실랑이를 벌인다는 청소년들의 기사를 종종 봤다. 자식들이 원하니 사주셨을

부모님. 본인의 생활비를 줄여서 자식들 기죽이지 않으려고 사서 입혔을 것이다. 이런 현상을 빗대어 비싼 잠바를 입는 아이들을 보고 일명 '등골 브레이커'라고 불렀다.

중국에 가서도 엄마는 매달 넉넉하게 용돈을 보내 주셨다. 대학 등록금에, 생활비에, 유학비용까지. 내가 바로 그 유명한 '등골 브레이커'였다. 학비와 생활비뿐 아니라 그 전에 배우고 싶다고 한 것마다 지원해주신 교육비용까지 합하면 웬만한 전세 값 정도 될 것이다. 평소 저축을 잘하고 필요 없는 지출은 자제했지만, 유난히 배우고 싶은 것이 있으면 참을 수가 없었다. 배움에 대한 욕심이 컸던 것 같다.

중국에 있을 때 같이 공부하는 동생들과는 조금 다른 목적으로 공부했다. 학업에 대한 한을 풀어서 인생의 짐을 한 개 덜어 낸 것은 정말 감사하고 기쁜 일이었지만 졸업하면 다시 취업을 해야 했다. 회사에 다닐 때는 현실에 대해 무감각했지만 막상 대학생이 되어서 그들과 함께 다시 나란히 출발점에 서고 나니, 이런 현실 앞에서 내 자신을 다그칠 수밖에 없었다.

중국에서 간간히 취업사이트에 이력서를 냈지만 돌아오는 연락은 나이 제한에 따른 서류 탈락이었다. 이대로 나는 등골 브레이커가 되는 것일까?

중국에서 돌아오고 두 달간의 여름방학 동안 면접을 보러 다녔다. 이전의 회사보다 적은 보수라 마음이 동하지 않는 곳도 있었다. 하지만 이자리라도 들어오려는 많은 친구들을 보고 취업시장이 생각보다 더 심각하다는 것을 깨달았다. 다행히 지금의 회사에 입사하면서 나의 고민도 끝이 났지만 부모님의 노고와 한없는 베풂에 다시 한 번 감사드린다.

"부모는 자식들 입에서 글 읽는 소리가 나면 그렇게 기쁘단다."

엄마 아빠는 책을 보고 있는 나에게 늘 이렇게 말씀하셨다. 부모의 자식 사랑은 아직 미혼인 나에게는 미지의 영역이지만 회사에서 나와 다시 학교를 가고 중국에서 공부를 하면서 어렴풋이나마 알게 되었다.

경북대 총장을 지내신 박찬석 교수의 고백은 부모님의 사랑을 다시 한 번 일깨워준다. 경남 산청에서 태어난 박 교수는 아버지의 권유로 대구에 있는 중학교로 유학을 갔고 처음 본 시험에서 68명 중 68등, 꼴찌를 했다. 끼니를 잇기도 어려운 소작농으로 살면서도 자식만은 제대로 교육받길 원하셨던 부모님이기에 박 교수는 성적표를 보여드리기가 부끄러워 견딜 수가 없었다. 결국 고민하다가 성적표에 68이란 숫자를 지우고 1로 바꿔 썼다.

방학을 맞아 오랜만에 내려간 집에는 지인들을 비롯해 일가친척이 모여 있었고, 박 교수의 가짜 1등 성적표가 화두로 올랐다. 자식이 일등을 했으니 책거리를 하라는 주변 사람들의 성화에 박 교수는 안절부절할 수밖에 없었다.

이튿날, 잠시 강에 멱을 감고 돌아온 박 교수의 눈앞에는 믿을 수 없는 광경이 펼쳐지고 있었다. 전 재산이나 다름없는, 딱 한 마리밖에 없는 돼지를 잡아서 동네잔치를 하고 있었던 것이다. 당시 박 교수의 집은 동네에서 가장 가난한 집이었다.

그 일로 충격을 받은 그는 열심히 공부해서 17년 후 대학교수가 되었다. 그는 자기 아들이 중학생이 되던 해 문득 33년 전 일이 떠올라 아버지께 말을 꺼냈다.

"저, 아부지. 사실은 저 중학교 때 1등 했는거요…"

"야 야, 다 알고 있다. 고마 해라. 민우가 들을라."

아버지는 성적표의 진실을 알고 계셨다. 아들이 성적을 위조했다는 사실을 알면서도 모른척하고 재산목록 1호인 돼지를 잡아 동네잔치를 여신 것이다.

만약 아버지가 그의 거짓말에 실망해서 혼냈더라면 지금의 박찬석 교수가 있었을까? 자식을 위대하게 만드는 것은 헤아릴 수 없을 만큼 깊고 넓은 부모님의 사랑인 것 같다.

"꼭 너 닮은 애 낳아서 키워봐야 부모 맘을 알지."

부모님의 단골 멘트 1위. 그 동안 나를 키우며 엄마 아빠는 얼마나 많은 인내심이 필요하셨을까? 내가 이 다음에 부모가 되면 깨달을 수 있을 거라 생각한다.

"이제 시집만 가면 엄마 아빠는 더 이상 바랄 게 없다. 그게 가장 좋은 효도야."

그동안 나는 등골 브레이커로 살아왔다. 하지만 이제 나는 부모님에게 자랑스러운 딸이 되어서 '등골 브레이커'가 아닌, 멋진 신랑감을 덥석 물어올 똑똑한 효녀로 탈바꿈할 것이다.

남은 인생을
바꾸어 놓은 선택

"나 내일 부산에 좀 다녀오려고."

"너는 부산을 옆 동네 가듯이 말한다. 마치 '나 내일 홍대 좀 가려고'처럼. 남들은 겨우 시간 내서 가는 곳인데 말이야."

친구의 말에 둘이 배꼽을 잡고 웃었다.

글의 초반부터 미리 말하지만 나는 부산을 참 좋아한다. 고향이 부산인 것도 아니고, 부산에 땅이 있는 것도 아니고, 부산에 잊을 수 없는 아련한 기억이 있는 것도 아닌데 말이다. 부산과 연관 지을 것이 있다면 내가 동래 '정씨'라는 것! 이것뿐이다.

"사람의 인생은 선택의 연속이다. 어떤 선택을 하느냐에 따라서 인생이 달라지기 때문이다."

예전에 다니던 회사 전무님께서 점심시간에 함께 식사를 하며 이런 말씀을 하셨다. 이 말에 전적으로 동감한다. 기차 승무원을 하기 위해 회사에 지원하고, 면접을 보면서 또 한 번 잊을 수 없는 경험을 했다. 그때의 선택이 지금 나의 삶에 큰 변화를 주었다.

'이제는 수동적인 업무 말고 내가 즐겁게 할 수 있는 일을 찾아서 새로운 인생을 만들고 싶다.'

중국에서 돌아오자마자 면접을 보러 다니며 이 생각이 머릿속에 가득 찼다. 나이 제한으로 몇 군데의 회사에서 서류 탈락이 되고, 기대 반 포기 반의 심정으로 지원한 지금의 회사에 서류 합격이 됐다. 메이크업 숍에 예약까지 해서 머리와 화장을 받고 설레는 마음으로 면접장으로 향했다.

"정세영씨는 이력이 특이하네요? 이 전의 회사 업무와는 완전히 다르고, 한참이나 어린 선배에게 존댓말도 해야 하는데 괜찮아요?"

"저는 이미 학교에서 많게는 저보다 9살이나 어린 친구들과 함께 공부를 했고, 저보다 어린 선배들과 몇 년간 회사에서 근무했습니다. 나이가 아무리 어려도 선배는 선배입니다. 제가 깍듯하게 하면 똑같이 대해 주셨습니다. 그런 걱정은 안 하셔도 됩니다."

고개를 끄덕거리는 면접관들을 보면서 좋은 예감이 들었다.

"그리고, 만약 합격하게 되면 부산에서 근무를 하게 됩니다. 부산에 집을 구할 수 있나요?"

이 질문을 듣고 '부산에 집을 구해야 한다.'는 말보다 '만약 합격하게 되면'이라는 말이 더 크게 들렸다. 부산지사에서 근무한다면 당연히 부산에서 살아야 한다는 것 쯤 각오하고 지원했기 때문에 큰 문제가 되지 않았다.

"네, 구할 수 있습니다."

그때는 이 대답을 하는데 일초도 망설임이 없었다. 이미 관광열차 승무원에 대해 푹 빠져버린 나는 부산이든, 제주도든 어디라도 떠날 준비가 되어 있었다.

"네 수고하셨습니다. 면접 결과는 빠른 시간 안에 따로 연락이 갈 겁니다. 다들 행운을 빕니다."

훈훈한 마무리로 면접을 마치고 나니 마지막 학기 개강이 코앞으로 다가왔다. 개강 준비를 하면서도 마음은 콩밭에 가 있었다. 며칠 뒤 떨리는 마음으로 회사 홈페이지에 들어가 합격자 조회를 했지만, 결과는 불합격이었다. 믿을 수가 없었다.

"뭐야, 떨어졌잖아. 괜히 기대했네."

애써 아무렇지 않은 척했지만 속이 많이 상했다. 분명 면접장 안에서 분위기도 좋았고 계속 '합격하면 어떻게 할 건가?' 하는 질문만 했는데 희망 고문이었단 말인가? 갑자기 면접 보려고 받았던 메이크업 비용이 아깝게 느껴졌다.

기차 승무원이 꼭 되고 싶어서 설레는 마음으로 면접에 임했기 때문에 아쉬움은 생각보다 컸다. 다시 마음을 가다듬고 마지막 학기를 잘 마무리해서 유종의 미를 거둬야겠다는 생각으로 나쁜 감정을 털어버리려 애썼다.

"따르릉"

개강하고 4일 정도 지난 목요일 아침, 정각 9시에 한 통의 전화가 걸려왔다.

"안녕하세요. 저는 인사과 OOO 대리라고 합니다. 다름이 아니라, 교육생 중에 결원이 한 명 발생하게 되어서 전화 드렸습니다. 혹시 오늘 회사에 와주실 수 있을까요? 오신다면 오늘 바로 교육에 들어가실 겁니다."

순간 무슨 얘기를 하는 건지 이해가 되지 않았다.

"그럼 제가 추가 합격이라도 한 건가요?"

"네. 간단한 개인 용품과 교육복장 챙겨서 와주세요."

전화를 끊고 나서도 얼떨떨한 기분이 들었다. 등교하려고 가방까지 멘 상태였다.

'이게 무슨 일이야? 내가 정말 합격한 건가?'

알고 보니 S트레인 승무원으로 모두 10명이 채용되었고 전부 부산, 대구, 마산, 창원 등 경상도 출신이었다. 근무지가 부산이다 보니 여러 가지 상황을 고려해 서울과 경인지역 지원자들은 배제한 것이었다. 그런데 교육을 받던 중 한 명이 개인사정으로 퇴소를 했고, 면접 점수에 따라 지원자들에게 순차적으로 연락을 했다. 그리고 내가 그 첫 번째 주인공이었다.

우선 교수님께 연락을 드리고 부랴부랴 옷가지와 세면도구 등을 챙겨 캐리어에 담았다. 부모님께서는 갑작스런 취업 소식에 기뻐하셨지만 근무지가 부산이라는 것에 깜짝 놀라셨다.

"연고지 하나도 없는 부산에 간다니 걱정이 되긴 한다. 잘 할 수 있겠니?"

"아빠 걱정 마세요, 중국에서도 살아봤는데 부산에서는 못 살까 봐서요?"

등교하려고 멨던 가방 대신 내 몸만한 여행 캐리어를 끌고 서울역으로 향했다. 이미 합격한 친구들과 만날 생각에 벌써부터 기대가 되었다.

"오느라 수고했어요. 부산지사로 발령 받으실 거라 30분 뒤에 부산으로 가시면 됩니다."

담당 대리의 말을 듣고 다시 한 번 어안이 벙벙해졌다.

'교육은 본사인 서울에서 듣는 줄 알았는데, 바로 부산으로 가라니! 그럼 당장 오늘 밤은 어디서 자야 하는 거지?'

걱정도 되고 긴장도 되고 흥분도 되는 복잡 미묘한 심정으로 KTX에 올랐다.

"집을 구할 수 있습니다."

면접 때 방실방실 웃으며 대답했던 내 자신이 생각나면서 갑자기 닥친 현실에 멍해졌다. 텅 빈 18호차 객실에 나 혼자 앉아서 부산으로 내려갔다. 두 시간 반 정도의 시간 동안 친구들과 학교 동생들, 이전 회사 동료들, 은사님들께 쭉 소식을 돌렸다. 이걸 입사라고 해야 하는 건지, 이직이라고 해야 하는 건지 헷갈렸지만 8년 전 첫 회사 입사 소식을 알렸던 그날처럼 다시 한 번 많은 축하인사를 받았다.

아직도 처음 부산역에 도착했을 때를 잊을 수가 없다.

"와! 바다다!"

부산역 바로 앞에 펼쳐진 바다를 보고 가슴이 벅찼다. 내가 부산을 좋아하는 가장 큰 이유가 바다 때문이다. 드넓게 펼쳐진 바다를 보면서 앞

© 기차여행 전문가 박준규

으로 내 인생도 쭉쭉 뻗어 나가길 마음속으로 조용히 빌었다.

부산에 내려가서 가장 큰 소득은 무엇과도 바꿀 수 없는 소중한 동기 아홉 명을 만난 것이다. 서울에서 혈혈단신으로 온 나를 보고 동기들이 참 신기해했던 기억이 난다. 그리고 역시나 여기서도 나는 왕언니였다. 8년 전만 해도 어딜 가나 내가 제일 막내였는데, 이제는 어딜 가나 가장 큰 언니가 된 것이다.

"언니, 오늘 밤에 잘 곳은 있어요?"

"집을 구하기 전까지 저희 집에서 같이 잘래요?"

동생들은 처음 본 나에게 살갑게 굴었고, 사투리를 쓰는 모습이 정말 사랑스러웠다. 다행히도 회사에서 배려해준 덕분에 집을 구하기 전까지 회사 숙소를 사용할 수 있었다. 며칠 후 부모님께서 부산으로 내려오셔서 부산역 근처로 함께 집을 구했다.

부산 생활의 낭만을 즐길 시간도 없이 얼마 남지 않은 S트레인 개통을 위해 정신없이 교육을 받았다. 규정 공부와 업무 매뉴얼 숙지, 새벽부터 저녁까지 노선 미리 체험하기, 대국민 시승식 행사 등 2주간 눈 코 뜰 새 없이 바쁘게 교육을 받느라 부산에 적응할 틈이 없었다.

돌아보면 이때가 가장 즐거웠던 것 같다. 이전과는 전혀 다른 직업을 선택해 하루하루가 나에게는 잊지 못할 추억으로 남아 있다. 부산에 살면서 싱싱한 해산물도 많이 먹었고, 난생 처음 사직야구장에 가서 롯데 팬들의 기에 눌려서 치킨만 뜯기도 했다.

부산에 살면서 가장 행복했던 것은 시간만 나면 서울 사람들의 로망인 해운대와 광안리에 갔던 것이다. 남들은 일부러 시간 내서 부산에 바다를 보러 오지만 나는 마음만 먹으면 밤이고 낮이고 바다를 마음껏 구경할 수 있었다.

또 하나 좋았던 점은 서울 아가씨인 나에게 베풀어주는 부산 사람들의 무한 친절이었다. 이건 나만 느끼는 건데, 식당이나 영화관을 가면 사람들이 쳐다보는 시선을 느낄 수가 있다. 이유는 내가 서울말을 쓰기 때문이다.

"아가씨 서울에서 시집왔나 보네?"

마트나 시장에서 어머님들이 이렇게 질문하면 처음에는 내 상황을 주저리주저리 설명했다. 그러다 나중에는 이제 막 시집온 새댁인 듯 수

줍게 웃으며 연기를 했다. 긴 말보다는 웃음 한 번이 서로 편했기 때문이다. 그런 날에는 내 장바구니에 덤으로 넣어주신 과일이나 채소가 한 가득했다. 멀리 시집온 새댁에게 주는 어머님들의 정 때문에 마음은 늘 따뜻했다.

갈 때마다 좋은 부산.
매일매일 가도 좋은 부산.
볼수록 좋은 부산.
가고 또 가도 좋은 부산.

부모님과 떨어져 첫 독립한 곳이기도 하고 타 지역에서 직장을 얻은 것도 처음이라 여러 모로 부산은 나에게 특별하고 소중한 곳으로 남는다.

입사 스토리를 들려 줄 때마다 사람들은 참 흥미로워 한다. 그때 만약 부산에서 산다는 것이 두려워 입사를 거절했다면 어떻게 됐을까? 한 번의 선택이 내 인생에 큰 영향을 주었고 돈 주고도 살 수 없는 경험을 하게 되었다.

앞으로 또 어떤 미래가 기다리고 있을지는 모르지만 이것만은 확실하다. 인생은 알 수 없는 것. 때로는 새로운 도전을 해보는 것도 나쁘지 않다는 것. 그 결과는 생각보다 어마어마한 행복을 가져다 줄 테니 말이다.

3장

은하철도 999
다이어리

여행을 일상처럼,
일상을 여행처럼

"승무원 언니들은 좋겠다, 여기 매일 오니까."

기차에 승무하면서 승객들로부터 가장 많이 듣는 말이다. 우리나라만큼 사계절이 뚜렷한 나라도 없고 이런 계절의 변화를 가장 잘 느낄 수 있는 것이 기차 여행이 아닐까 싶다.

봄이면 허허 벌판이 매일 조금씩 푸르게 변하는 것을 보면서 봄이 왔음을 알 수 있고, 여름에는 한탄강 위를 지나가면서 래프팅 하는 사람들을 보며 무더운 여름을 눈으로 즐길 수가 있다.

가을에는 코스모스가 만발한 북천역에 잠시 정차해서 흐드러지게 핀 꽃밭에 들어가 가을의 절정을 느낄 수 있다. 겨울은 또 어떤가? 덜컹거리는 기차 안에서 뜨거운 어묵 국물을 호호 불어가며 마시는 승객들의 모습 자체가 겨울이다. 그러다 창밖에 눈이라도 내리는 날이면 모두 하나같이 "와!" 하는 감탄과 함께 창가 쪽으로 다닥다닥 붙어 앉는다.

기차여행의 장점을 꼽는다면 '몸이 편한 여행'을 할 수 있다는 점이다. 기차를 타고 여행을 하면 시간에 맞춰 목적지에 갈 수 있으니 밀릴 걱정도 없다. 여행을 하다가 피곤하면 의자에 머리를 대고 꿀잠을 잘 수도 있다. 덜컹거리는 기차에서 의자를 돌려 마주보고 앉아 계란과 고구마를 까먹으며 도란도란 이야기를 나누는 승객들의 모습을 보면 저절로 아빠 미소가 지어진다.

관광열차에는 일보다는 여행을 목적으로 타는 승객들이 대부분이기 때문에 분위기가 늘 밝고 신이 난다. 가끔 단체로 기차를 전세내서 타는 경우가 있다. 그때는 기차가 들썩거릴 정도로 신나는 노래를 틀어 함께 노래도 하면서 간다. 평소에는 일반 승객들과 함께 있기 때문에 소란스러운 승객들에게는 주의를 당부 드리지만, 단체 승객인 경우에는 그럴 일이 없어서 승무원들도 즐겁다.

내가 보기에 우리나라 사람들은 정말 정도 많고, 한도 많고, 눈물도 많다. 신청곡 중에 어르신들이 가장 좋아하는 '내 나이가 어때서'를 틀어드리면 온 기차가 한마음이 되어서 함께 노래를 부른다. 한국에서 흥행 돌풍을 일으켰던 '겨울왕국'의 '렛잇고'(let it go)는 아이들의 18번이다. 틀기만 하면 아이들이 맑은 목소리로 노래를 따라 불러서 콘서트 장을 방불케 한다.

하루의 절반을 기차 안에서 여행 가는 승객들과 지내다 보니 나 또한 여행 가는 기분으로 승무를 하고 있다. 이전의 직장에서는 컴퓨터 앞에 앉아 업무를 하다 보니 어깨도 아프고 눈이 많이 나빠졌다. 스트레스를 풀기 위해 점심시간에 밖으로 나가서 바람도 쐬고, 청계천에 앉아 사람들을 구경하다 보면 가슴이 뻥 뚫리는 기분이 들었다.

답답한 전철에 끼여 출근하면서 여행 가는 날만 손꼽아 기다렸고, 한여름 밤의 꿈같은 짧은 여행을 다녀오고 나면 사무실에 앉아 다시 자유를 꿈꿨던 지난 시간들. 그런 기억들 때문에 짧은 휴일을 이용해 다녀오는 도깨비 여행들이 소중한 추억으로 남아 있다.

기차가 목적지에 도착하고 나면 승무원들은 대기시간을 가지게 된다. 대기시간을 이용해서 공부를 하거나 책을 읽으며 자기계발을 하는 승무원들도 있고, 역 주변 관광을 하는 승무원도 있다.

대한민국에는 구석구석 숨어 있는 아름다운 역과 훌륭한 관광지들이 참 많다. 기차승무원이 되고 나서 처음 들어보는 역도 많고, 이 일을 하지 않았더라면 몰랐을 관광지들도 많이 알게 되었다.

처음 부산지사에 입사하고 S트레인에 승무하면서 차창 밖으로 펼쳐지는 풍경과 정차 역들의 아름다운 모습에 매일 매일 설렌다. 지금도 일보다는 여행한다는 마음으로 승무를 하니 승객들에게 더욱 친절하게 서비스를 하고 있다.

'즐겁게 일하는 사람은 당해낼 수 없다'고 했던가? 내 기분이 좋아야 일의 능률도 오르고 일에 대한 애정도 생긴다는 것을 승무를 하면서 깨달았다. 정말 맞는 말이다.

부산에서 근무하면서 쉬는 날마다 서울로 올라가 가족들과 함께 시간을 보냈다. 동기들 중에 나 혼자 집이 서울이라 쉬는 날에는 늘 서울행 기차에 올랐다. 부산에서 근무했던 반 년 동안 원 없이 기차를 많이 탔다.

"우리 정길동 양은 오늘 몇 시에 서울 도착하시나?"

"또 서울 올라오니? 너 부산에 있는 거 맞지?"

엄마와 친구들이 보내는 메시지에는 내가 홍길동이 되어 있었다.

'북에 번쩍 남에 번쩍.'

2014년 새해가 되면서 S트레인의 행로가 마산-광주 구간에서 서대전-광주로 바뀌면서 승무원들이 익산지사로 파견을 가게 되었다.(지금은 서울-여수엑스포로 변경되었다.) 동기들과 함께 익산지사 숙소에서 지내면서 마치 고등학생으로 돌아가 수학여행을 간 것 같았다.

큰 방에 이불을 나란히 펼쳐놓고 간식을 먹거나 이야기를 나누느라 매일 밤늦게 잠들기 일쑤였다. 거의 24시간을 붙어 있는 꼴이 되어버려서 서로 몰랐던 성격이나 습관들을 알게 되고 그 덕분에 더욱 친해지게 되었다.

익산지사에서 지내는 바람에 내 집은 서울 집, 부산 집, 익산 집 총 세 개가 되었다. 쉬는 날이 되면 빨래를 하기 위해서 부산이나 서울 집으로 갔는데 기차 이동이 만만치가 않았다. 익산에서 용산으로는 한 번에 가는 기차가 있지만, 익산에서 부산으로 가려면 중간 지점에서 경부선으로 갈아타야 했다. 천안 아산역이나 오송역에서 기차를 갈아타거나 서대전역에서 대전역으로 이동한 다음 부산행 기차를 타야 했다. 동기들은 집이 부산이어서 한번 갈 때마다 힘들어 했고, 나 역시 쉽지 않아 부산 집보다는 서울 집으로 주로 갔다.

'이왕 이렇게 된 거 즐거운 마음으로 가자.'

서울 집이든 부산 집이든 가는 시간 동안 지루함을 떨치기 위해 나만의 방법을 찾아야 했다. 그건 바로 '여행 간다'는 생각으로 가는 것이었다.

"오늘은 부산 집으로 가는 날이구나. 보수동 책방골목에 가봐야지."

"서울에 올라가는 날이네. 오랜만에 엄마랑 경복궁에 가봐야겠다."

"익산지사에서 하루 쉬는 날이니까 이번엔 전주에 한번 가볼까?"

미리 가고 싶은 곳이나 먹고 싶은 음식을 정해 놓고 여행하듯이 세 군데의 집을 다니며 나만의 추억을 남겼다. 마치 미션을 수행하는 요원 같은 기분이었다. 내가 계획한 곳을 하나 둘씩 갈 때마다 짜릿한 희열을 느꼈다.

요즘에는 SNS에 내가 간 장소를 체크할 수 있는 기능 덕분에 전국 곳곳에 나의 발자국이 남는 것 같아서 묘하게 기쁘다. 이제는 내가 안 가본 곳이 어디일까 궁금해진다. 누군가는 역마살이 끼어서 전국으로 돌아다니는 거 아니냐고 묻기도 한다. 하지만 다른 사람들이 뭐라든지 개의치 않는다. 한곳에 묶여 있었던 지난날의 내 마음보다 아름다운 자연 그대로를 느끼며 일하고 있는 지금 내 마음이 더 자유로운 것을.

오늘도 난 여행하듯 일상을 보내고 있다.

15억짜리 기차에서
놀며 일하기

나는 매일 놀듯이 일을 한다. 이 말은 일을 소홀히 하거나 업무에 충실하게 임하지 않는다는 것이 아니고 일을 할 때 정말 즐겁게 한다는 말이다.

이전의 직장에서 크게 스트레스를 받거나 일하기 싫었던 적은 없었지만 같이 일하는 사람과의 조화가 중요하다는 것을 깨달았다. 서로 성격이 맞지 않는 사람과 사무실에 하루 종일 같이 있을 때의 곤혹감이란 정말 견딜 수가 없다. 일을 하면서 배려심이 가장 중요한 법인데, 가끔 이기적인 사람과 일할 때면 내가 일을 하는 건지 그 사람 비위를 맞추는 건지 헷갈릴 때가 있다.

그동안 다양한 사람들과 함께 근무를 하면서 일로 인해 맺어진 사람과의 관계에서 어떻게 하면 상처 받지 않고 내 마음을 지킬 수 있는지를 터득했다. 별다른 노하우는 아니지만 나만의 비법은 '발목만 담그기'이다.

20대 초반의 어린 나이에 직장생활을 하면서 순수한 마음 그대로 정을 나누며 많은 사람들과 친분을 나누었다. 시간이 지나면서 적성에 맞지 않는다거나 등의 이유로 이직하는 동기들과 선배들을 떠나보내면서 정든 사람과의 이별이 얼마나 힘든지 깨달았다. 점점 회사 동료들과 너무 친해지지도, 그렇다고 너무 가깝게도 지내지 않았고 적당히 서로를 알 정도로만 지냈다. 그렇게 지내는 것이 내 마음에 상처를 주지 않는다고 생각했던 것이다.

처음 회사에 입사해서 가장 좋아하고 따르던 선배 언니가 있었다. 언니는 법 공부를 시작하겠다며 돌연 회사를 그만두었다. 퇴근 후 자주 저녁도 같이 먹고 예쁜 카페도 데려가 주고, 좋은 책이 새로 나왔다며 선물해주기도 하던 언니였다. 선배라기보다 내 친언니였으면 하는 생각이 들 정도로 고민 상담도 자주 하면서 많이 의지했었다.

"세영아, 하고 싶은 게 있으면 한 살이라도 어릴 때 도전해. 사람은 하고 싶은 일을 하면서 즐겁게 살아야 해."

언니는 회사를 그만두기 전 저녁식사 자리에서 이런 말을 해주었다. 회사에 내 편이라고 생각했던 사람이 떠나고 나니 빈자리가 크게 느껴졌다. 일을 하면서도 회의감이 들었다.

'내가 진짜 즐겁게 할 수 있는 일이 무엇일까? 지금 하는 일이 날 행복하게 해줄까?'

자주 이런 생각이 들었지만 쉽사리 회사를 그만둘 수가 없었다. 내가 잘할 수 있고 즐겁게 할 수 있는 일이 무엇인지 몰랐기 때문이다.

《서른과 마흔 사이》의 저자 오구라 히로시에 따르면 사람에게는 6가지 감옥이 있다고 한다.

첫째, 자기도취의 감옥

둘째, 비판의 감옥

셋째, 절망의 감옥

넷째, 과거 지향의 감옥

다섯째, 선망의 감옥

여섯째, 질투의 감옥

나는 이 중 몇 개의 감옥에 갇혀 살았을까? 아마 이 여섯 가지 감옥에 모두 갇혔을 것이다. 실수를 인정하지 않으려 했고, 남을 비판했으며, 실패에 절망했고, 과거로 자꾸 돌아가고 싶었다. 나에게 없는 모습을 가진 사람을 보면 부러워하다가 질투한 적도 있다.

이렇게 뒤죽박죽인 감정 상태로 지내왔던 내가 지금은 누구보다 즐겁고 행복하다. 이제는 나만의 기준이 생겼고, 즐겁게 일할 수 있는 일터와 마음이 맞는 동료들이 있기 때문이다.

S트레인은 15억 원, DMZ트레인은 9억 원의 리모델링 비용이 들었다. 말로만 들었을 때는 '억' 소리가 날 만큼 놀랐는데, 실제로 기차를 보면 그 정도의 비용이 충분히 들었을 거라는 생각이 든다.

"우와 진짜 잘 만들었네."

"꼭 비행기 탄 것 같아."

"어머, 스낵바도 있네. 정말 신기하다."

손님들의 이런 반응을 볼 때마다 내가 더 뿌듯함을 느낀다. 미래의 내 아이가 남에게 칭찬을 받을 때 이런 기분일거라 상상해본다.

나에게는 두 팀의 동기가 있다. 한 팀은 처음 입사했던 S트레인 부산지사 동기들이고, 두 번째 팀은 현재 타고 있는 DMZ트레인의 선배님들이다. 관광열차들이 많이 생겨나면서 DMZ트레인에서는 외부에서 승무원을 채용하지 않고, 내부 승무원들 중에서 뽑았다. 그래서 나를 뺀 나머지 선배님들은 모두 KTX 승무원 출신이다.

S트레인을 타다가 한 달 정도 열차 수리가 들어가면서 KTX 견습을 받은 적이 있다. 견습 이후로 KTX 선배님들이 존경스러워졌다. KTX는 총 18량으로 두 명의 승무원이 탑승해서 각자 9량씩 승객들을 책임지고 있다.

견습을 받던 어느 날 영등포역에서 어떤 여성이 자살 소동을 벌이는 바람에 한 시간 정도 기차가 지연됐다. 그때 승객들의 불만이 모두 승무원인 나에게 쏟아졌다. 하지만 내 잘못이 아닌데도 아무 말도 할 수가 없었다. 불특정 다수의 사람들이 모여 있는 기차 안에서 행동이 제한되어 있는 부분도 참 많았기 때문이다. 이런 상황들에 처하면 이렇게 매번 승객들을 대하는 선배님들이 대단해 보였다.

S트레인 동기들은 대부분 부산 아가씨들이다. 찰진 사투리를 쓰는 게 내 눈에는 참 귀여워 보였다. 하나같이 유쾌하고 순수한 동생들이라서 내가 무엇을 부탁했을 때 한 번도 싫은 티를 낸 적이 없었다. 서울 지사

로 발령을 받으면서 자주 못 보게 되어서 아쉽지만 가끔 부산에서 만나면 반갑게 맞아줘서 꼭 친정집에 가는 기분이다.

DMZ트레인에 처음 발령을 받고 1기 멤버인 세 분의 선배님들을 만나기 전 긴장을 했다. KTX와 관광열차는 업무가 다르기 때문에 선배님들과 잘 지낼 수 있을까 하는 걱정도 들었다. 하지만 우려와는 다르게 나이는 제일 많지만 기수로는 제일 막내인 나를 선배들은 아무렇지 않게 대해 주었다.

어디든지 초기 멤버가 가장 고생을 하는 법이라 우리 넷 역시 DMZ트레인을 하나부터 열까지 함께 만들면서 정말 많이 고생했다. 임진강역에서 인원수가 맞지 않아 땀을 뻘뻘 흘리며 이리저리 뛰어다니면서 몇 번이고 숫자를 다시 세었던 시간들, 150명이 넘는 인원의 명단을 제한된 시간에 모두 작성해야 하는 촉박했던 순간들, 다채로운 이벤트를 만들기 위해 매일 머리를 맞대고 고민했던 순간들.

개통 전까지 아무것도 정해지지 않은 규정과 방송 문안, 이벤트, 출입신청서 작성안내와 인원점검 방법 등 모든 매뉴얼을 함께 만들어 갔다. 그리고 고생한 만큼 기차가 잘 만들어져서 자부심과 뿌듯함을 가지고 있다.

승무할 때는 일한다는 생각보다는 함께 놀고, 수다 떨고, 승객들과 여행 간다는 기분으로 근무한다. 승무하면서 평소보다 더 많이 웃을 수 있는 이유도 이 동기들 덕분이다.

점심은 밖에서 사먹을 때도 있지만 주로 엄마가 직접 싸주시는 도시락을 먹는다. 매일 아침 '딱딱' '보글보글' 하는 음식소리에 저절로 잠에서 깨어난다. 눈을 비비면서 부엌으로 가면 앞치마를 두른 엄마가 "잘 잤어? 오늘은 김치 볶음밥이다."라고 하시며 요리를 하고 계신다.

기차에서 우리 엄마가 직접 싸준 따뜻한 점심도 먹고, 책도 읽고, 쉬기도 하면서 하루의 대부분을 기차 안에서 보내다 보니 이제는 기차가 내 방같이 느껴진다.

'버진그룹'의 창립자인 리처드 브랜슨은 괴짜로 유명하다. 탱크를 타고 뉴욕 한복판에서 콜라를 쏘아대며 '버진 콜라'를 알리고, '버진 모바일' 광고판에 자신의 누드를 선보이는 등 파격적인 모습으로 사람들의 입에 오르내린다. 이제는 민간 우주 여객선인 '스페이스 십'을 공개하면서 또 한 번 세계를 놀라게 했다.

그는 자신이 쓴 《비즈니스 발가벗기기》에서 이렇게 서문을 열었다.

"나는 이제껏 아주 끝내주는 인생을 즐기며 살아왔다. 그리고 아직 내 앞에 더 많은 일들이 펼쳐지길 희망한다. 나는 쓰러질 때까지 일할 작정이고, 신체적으로나 정신적으로 건강이 허락하는 한 끊임없이 도전할 것이다."

매일 놀듯이 즐겁게 일할 수 있는 환경을 만들어 주는 동기들과 내 일터에 참 감사하다. 앞으로도 승객들에게 즐겁고 행복한 여행길을 선사해 드리기 위해 노력할 것이다.

매일 당신에게
보여주고 싶은 곳

　기차의 차창 밖 풍경만큼이나 아름다운 것이 있다면 여행을 가는 승객들의 얼굴 표정이다.

　하나같이 신난 표정들을 볼 때면 오늘 하루도 그들 곁에서 소중한 추억을 안겨드리자고 다시 한 번 다짐하게 된다.

　"선배님들은 정차역이 다가오면 발끝부터 느껴진다고 말씀하셔."

　승무원 출신인 담당 팀장은 이렇게 말한다. 매일 기차를 타다보니 지형지물로 정차 역을 알아볼 수 있게 되었다. 승객이 많아서 일처리 할 것이 많을 경우 정차 역 방송을 못 듣는 경우도 있다. 모든 역에 다 정차하는 것이 아니기 때문에 때론 지형지물을 보고 역을 추론해야 할 때가 있다.

　경의선 같은 경우 선로를 따라가다 보면 전철역들을 지나기 때문에 알아보기가 수월하다. 하지만 경원선의 경우 소요산역이 전철 1호선의 마지막 역이다. 소요산역 다음부터는 건물이나 풍경을 봐야 정차 역을

알 수 있다. 그래서 경원선을 다른 선로보다 신경을 많이 쓰는 편이다.

경원선은 중간부터 거의 산이나 논밭이라 처음에는 알아보기가 어려웠지만 시간이 지나면서 산의 모습과 집의 지붕, 비닐하우스, 나무 등을 보고 정차 역을 알 수 있게 되었다.

가끔은 창밖을 보다가 풍경에 취해서 나도 모르게 걸음이 멈춰지는 경우가 있다. 나는 이른 아침의 하늘과 해가 뉘엿뉘엇 저물 때 모습을 가장 좋아한다. 여름에서 가을로 넘어가는 산의 모습은 옷을 갈아입듯 여기저기 붉게 물들어 있다. 벼가 익어 누렇게 변한 황금벌판을 가로질러 갈 때면 마치 CF 중 한 장면 같이 느껴질 때가 있다.

기차여행을 하는 이유 중의 하나가 '급하게 사는 일상에서 벗어나 여유로운 기차여행이 하고 싶다.'이다. 기차여행은 모든 연령층이 만족할 수 있는 가장 좋은 여행이다. 어린 친구들은 기차에만 타면 신이 난다. 일부러 아이를 위해서 한 정거장이라도 기차를 타기 위해 아침 일찍 서울역으로 오시는 부모님들도 있다.

"벌써 내리세요?"

"네, 애가 기차를 너무 좋아해서 한 정거장이라도 타려고요."

기차를 타고 좋아서 얼굴에 함박웃음을 짓는 아이들을 볼 때면 나도 덩달아 행복해진다. "지금까지 가본 곳 중 어디가 제일 좋았어요?"

승객들은 가끔씩 이런 질문을 하신다.

"좋은 곳 정말 많지요. 여수도 좋고요, 보성도 좋고, 정동진도 좋아요."

관광열차를 한번 타본 승객들은 다른 관광열차에도 관심을 가지기 때문에 승무원들은 서로의 열차를 홍보해주기도 한다. 매일 승무를 하면서 기차를 아직 못 타본 사람들에게 보여주고 싶은 우리나라의 아름다운 곳이 많다.

DMZ트레인을 타고 임진강 철교 위를 지나간다. 보름마다 조수간만의 차이로 강물이 늘었다가 줄어드는 것을 볼 수가 있고, 철교 아래로 오리 가족들이 뒤뚱거리며 걷다가 헤엄쳐 가는 것을 볼 수도 있다. 철교를 지나 갈 때 햇빛이 강에 부서지는 것을 보면 가슴이 뭉클하면서도 신비롭게 느껴진다.

철교의 끝에는 양 옆으로 철책선이 서 있다. 가끔은 아기 고라니가 기찻길에 앉아 쉬다가 경적소리에 놀라서 풀숲 사이로 깡충깡충 뛰어가는 모습도 볼 수 있다.

석양이 지는 임진강의 모습은 장관이다. 저 멀리 보이는 초소에서는 경계근무를 서고 있는 군인이 때때로 손을 흔들어 주기도 한다. 땅거미가 내린 임진강의 주변이 주황색의 가로등 불빛으로 수놓아진 것이 보인다. 양 옆으로 길게 이어진 철책 선을 지나며 분단의 현실에 가슴이 아프다.

부모님과 함께 갔던 철원의 고석정은 자연의 절경을 그대로 느낄 수 있었던 곳이다. 예전에 임꺽정이 살았던 곳으로 의적활동을 할 때 이곳에서 숨어 지냈다고 한다. 엄마와 함께 통통배를 타고 고석정 구석구석을 구경하면서 임꺽정이 숨어 지낸 것이 아니라 이곳이 너무 아름다워서 밖으로 나오기 싫었던 게 아닐까 하는 생각이 들었다.

우리나라에는 아름다운 장소뿐만 아니라 자연의 친구인 동물들도 만나볼 수가 있다. 겨울이 되면 두루미가 우리나라에 찾아온다. 얼마 전 임진강 철교를 지나는데 철새 떼가 우리 기차와 나란히 날아가는 것을 보았다. 처음 보는 진귀한 장면에 승객들과 함께 탄성을 질렀다. 우리 열차 안에서는 '두루미 찾기' 게임을 진행할 정도로 DMZ와 두루미는 떼려야 뗄 수 없는 사이이다.

국내에 두루미는 겨울철에 사람이 없는 DMZ로 찾아온다. 현재 탐조가 가능한 지역은 철원과 연천 정도이다. 동물을 워낙 좋아하는 우리 가족들은 지난번 부산 여행 때 철새를 보러 을숙도 생태공원에 갔다가 AI 때문에 공원만 둘러보고 온 아쉬운 기억이 있다.

국내에서 볼 수 있는 두루미는 세 종류인데 머리가 빨갛고 날갯죽지가 검은 것을 '두루미' 또는 '단정학' 이라고 한다. 눈 주위가 붉고 몸통이 회색빛을 띄는 것을 '재두루미', 순천 쪽에 관측되는 몸이 검은 빛인 두루미를 '흑두루미' 라고 한다. 단정학과 재두루미는 천연기념물이자 1급 멸종위기 종으로 보호받고 있다.

철원 씨티투어에 갔을 때 해설사 님이 "두루미가 몇 년 사는지 아시는 분 계세요?"라고 물었다. 그때 같이 갔던 승무원이 "백년이요!" 하고 천진난만하게 대답했다.

"무슨 백년이야! 사람도 아니고."

내가 핀잔을 주자 해설사 님은 빙그레 웃으면서 답하셨다.

"맞아요. 두루미는 백년을 산답니다."

해설사의 대답에 나는 펄쩍 뛰며 놀랐다.

"네? 아니 무슨 새가 사람도 아니고 백년이나 살아요? 아유 징그러워라."

"예전에는 자연이 깨끗해서 백년도 거뜬히 살았어요. 이제는 30년에서 80년 정도 살아요."

어머나! 새가 사람보다 오래 살 수도 있다니. 왜 임금님의 옷에 학을 그려 넣었고, '김수환무거북이와 두루미' 라는 노래가 나왔는지 그제야 깨달았다. 내가 볼 두루미가 어쩌면 나보다 더 어르신일 수도 있겠다.

두루미는 별명도 많고 많은 상징성을 가지고 있는데 그중에 하나가

'살아 있는 화석'으로 불린다는 점이다. 두루미는 공룡이 살던 시대부터 살고 있었다는 얘기도 있다.

"사람들이 이 땅의 주인인 것처럼 생각하지만, 실은 저들이 주인이고 인간이 손님입니다." '새 박사님'으로 유명하신 윤무부 교수님이 연천 빙애여울에 오셔서 하신 말씀이다.

"저도 두루미 꼭 보고 싶어요. 제 작은 소망이에요."

내 말에 해설사 님은 빙그레 웃으시면서 말 하신다.

"두루미는 보고 싶다고 해서 볼 수 있는 새가 아니에요. 그래서 참 신기하죠. 어떤 방송국 PD분이 재밌는 말씀을 하셨어요. '두루미는 두루미라고 부르면 안 된다. 두루미 님이라고 불러야 한다. 왜냐하면 지구상에 있는 모든 생명체 중에 가장 완벽하게 아름답기 때문이다.' 라고요."

"눈 내릴 때 두루미가 거니는 모습 못 보셨죠? 이 세상이 아닌듯한 기분이 듭니다. 두루미가 눈밭을 날아다니고 있으면 그 자체로 이국입니다."

DMZ에 겨울마다 찾아오는 귀한 손님 두루미. 아름다운 자연경관 만큼이나 야생동물들의 모습을 눈으로 직접 볼 수 있다는 것은 참 소중한 경험이다.

한국인이
갈 수 없는 한국

　DMZ트레인에는 외국인 승객이 유난히 많다. 그들에게는 한국이 세계 유일한 분단국가라는 점이 흥미롭게 느껴지는 것 같다. 승객들의 국적도 굉장히 다양하다. 아시아 쪽은 물론이고 미국, 유럽, 아프리카에서도 오시는 분들이 많다.

　민통선 구역인 도라산역에 들어가려면 임진강 철교를 지나가게 된다. 그곳이 바로 '감동의 10분' 구간이다. 매번 지나가는 다리지만 늘 가슴이 뜨거워짐을 느낀다.

　"우리 열차는 잠시 후 민통선 구역 안으로 들어가게 됩니다. 지금 모니터에 보이는 양 옆의 선은 민간인 통제선으로 민간인의 출입이 금지되는 곳입니다. 지금 우리 열차가 지나고 있는 이 임진강 철교는 원래 상, 하행 두 개의 교량이 있었는데요, 전쟁 때 폭격으로 모두 파괴되어 지금 지나고 있는 이 철교만 복구했다고 합니다. 오른쪽에 남아 있는 철교의 기둥들은 당시의 폭격 상태를 그대로 말해주고 있습니다."

언젠가는 벨기에에서 오신 승객이 창밖을 보면서 흘러내리는 눈물을 연신 손수건으로 닦고 계셨다.

"지금 여러분께서 지나가고 있는 이곳은 약 60여 년 전, 우리 국군이 나라를 지키기 위해 치열하게 전투를 했던 곳입니다. 아직도 곳곳에는 지뢰가 매설되어 있습니다. 그들의 숭고한 희생을 우리는 영원히 잊지 말아야 할 것입니다."

마이크를 잡고 방송을 하면서 그분의 눈물을 보니 나 역시 코가 시큰 해졌다. 국적은 달라도 마음으로 느껴지는 건 아마 같을 것이다.

"저 궁금한 게 있는데요, 왜 같은 한국인데 북한으로 못 가는 거예요?"

스낵바에 와서 물건을 사던 미국인 손님의 질문을 듣는 순간 무어라 설명을 해야 이해할지 고민이 되었다. 독일의 사례를 들어 분단을 설명했다. 그러자 "그럼 통일하면 되지 왜 안하는 거죠?"라는 반문이 돌아왔다. 설명을 해드리는 나도, 설명을 듣는 승객도 머리로는 이해하지만 가슴으로는 이해하지 못했다.

열차에 타시는 승객들은 가끔 엽서에 사연을 적어 보내주신다.

"매번 이산가족 상봉 신청을 하고 있지만 아직 연락이 없습니다. 그래도 이 열차를 타고 부모님이 계신 가장 가까운 곳에 가게 되어서 기쁩니다. 감사합니다."

"기차를 타니 어렸을 때 생각도 나서 재밌는데, 북한에는 못 가고 오빠도 못 보고 가니 참 섭섭하네요."

"아버지가 돌아가시기 전에 그렇게도 오고 싶어 하셨던 곳을 딸이 왔어요. 제가 아버지 몫까지 눈에 다 담아 갈 게요."

사연을 소개하면서 목이 메어서 다 읽지 못했던 것도 많다. 그분들의 심정을 내가 완전히 이해하진 못하지만 같이 슬픔을 나눌 수는 있다고 생각한다.

2006년에 다니던 회사에서 신입사원 하계 수련회를 금강산에서 했다. 그때는 버스를 타고 육로를 통해서 들어갔다. 북한으로 들어갈 때 필요한 여권과 금강산 관광권, 출입국 신고서가 필요했다. 마치 외국에 가는 기분이 들었다.

출입국사무소에서 짐 검사를 위해서 가방을 검색대 위에 올려놨다가 미끄러져서 반대편으로 넘어갔다.

"저, 넘어간 가방 좀 주워 주세요."

옆에 서 있던 북한 직원에게 부탁을 하자 그 사람은 나를 매섭게 쳐다보며 말했다.

"와서 집어가라우!"

북한 직원의 눈빛과 말투에 한껏 주눅이 들어 가방을 주워서 다시 올렸지만 마음이 편하지 않았다. 같은 언어를 쓰는 같은 나라 사람이지만 다른 나라 사람 같다는 느낌이 들었다.

철원 안보관광을 가면 금강산으로 가는 옛 끊어진 철교가 나온다. 그 철교를 보면서 예전에 금강산에 갔던 기억도 나고 이어진 철길을 따라

서 지금이라도 당장 금강산에 가고 싶다는 생각이 들었다.

얼마 전 북한의 연천지역 고사총 발포로 인해 다음날 백마고지행 열차의 운행여부와 관광지 안내에 대해 걱정을 했었다. 다행히 경의선과 경원선 모두 아무 탈 없이 운행을 했지만 기차에 탑승한 승객들은 긴장한 모습이 역력했다.

연천 옥계마을 부근에 사는 사람들은 총소리나 포소리는 너무 익숙해서 공포에 떨거나 하지는 않으셨다. 총탄이 떨어졌던 중면 사무소는 연천역에서 철원 방향 쪽으로 5킬로미터 정도에 위치해 있는 곳이었다. 지나가는 열차 안에서는 보이지 않지만 생각보다 가까웠다.

일명 '삐라'라고 하는 대북 전단지로 인해 우리나라 국민들이 위험에 빠질 수도 있었다. 초등학생 때 이 삐라를 주워 가면 학교에서 공책이나 학용품 등을 줬다. 지금 어린 친구들은 아마 처음 듣는 단어일 것이다. 전날 북한에서 총을 쏜 이유가 무엇인지도 잘 모르는 학생들을 보면서 많은 생각이 들었다.

우리나라는 분단국가이다. 평소에도 이런 생각은 해봤지만 도라산역과 백마고지역을 다니면서 더욱 절실히 느끼게 된다. 연천 쪽에 북한의 발포가 있는지 얼마 되지 않은 어느 날, 이번에는 파주시에서 문제가 발생했다.

"승무원 나와 주세요!"

도라산역에 도착해서 대기하고 있던 중, 무전기에서 다급한 목소리가 들려왔다.

"네, 승무원입니다. 말씀하십시오."

"지금 승객들 입장하겠습니다. 준비해주세요."

도라산역 출발시간보다 한참 일찍인 시간이라 어리둥절해 하고 있는데, 도라산역에서 근무하는 헌병이 헐레벌떡 뛰어 나왔다.

"지금 심각한 상황이니까 승객들 입장하면 기차에서 아무도 못 내리게 해주세요."

다급해 보이는 목소리에 나도 덩달아 놀라서 무슨 일인지 궁금해졌다. 승객들도 얼른 기차에 탔다.

"고객님, 무슨 일 있었나요?"

"모르겠어요. 전망대 관광 하는데 갑자기 버스에 타라고 해서 왔어요."

승객들도 아무것도 모르고 온 것을 보니 무언가 긴박한 상황인 것 같았다. 제시간보다 20분 정도 일찍 출발하고 나서 잠시 후 뉴스 속보로 뜬 '파주시 인근 총격전' 기사를 보고 깜짝 놀랐다. 북한이 위협을 가하는 장면은 뉴스에서 듣거나 본 적이 많았지만 내가 직접 겪고 나니 분단의 현실을 몸소 실감할 수가 있었다.

아직도 끝나지 않은 전쟁. 전쟁의 아픔을 간직한 곳으로 매일 기차를 타고 가면서 직접 체험한 것이다.

신탄리역에서 백마고지역으로 가는 길목에 아주 특별한 글씨가 쓰여 있다. 그 글자는 바로 '통일'. 산의 정 한가운데 나무를 심어서 만들어 놓은 글씨이다. 주변이 울긋불긋한 단풍으로 물들어 가는 가을날에도 통일이라는 글씨는 눈이 시리도록 싱싱한 초록색이다.

"우리의 소원은 통일, 꿈에도 소원은 통일, 이 정성 다해서 통일, 통일을 이루자."

초등학교 시절 정말 많이 불렀던 노래이다. 노래만 불렀을까? 통일에 관한 글짓기, 통일 포스터 그리기, 안보를 주제로 한 웅변 등 초등학교 6년 동안 '통일' 이라는 단어는 내 이름만큼이나 많이 쓰고 읽었다. 하지만 내 나이가 서른이 다 되도록 아직도 통일은 되지 않았다.

하루 빨리 남북한이 하나가 되어 우리 평화 열차가 평화를 싣고 멀리 멀리 달려갔으면 하는 바람이다.

혼자 여행하는
아가씨

"혼자 오셨어요?"

작업멘트를 날리듯 혼자 창밖을 보고 있는 여성 승객에게 말을 걸어본다.

"네. 제가 이번에 취업을 해서 입사 전에 혼자 여행 왔어요."

수줍게 웃으면서 대답하는 여성분의 볼이 발그레해진다.

"와! 정말 축하드려요."

고맙다고 인사하는 승객의 모습을 보면서 나 역시 마음이 푸근해졌다.

혼자 여행한다는 것은 어떤 기분일까? 나는 아직 온전히 혼자만의 여행을 떠나 본 적이 없다. 20대 시절 누구나 꿈꾸던 '유럽 배낭여행'을 하지 못한 나는 20대의 가장 후회하는 일로 이것을 제일 먼저 꼽는다.

혼자서 영화를 보고, 밥을 먹고, 쇼핑 하는 건 좋아하지만 혼자 여행한다는 것은 나에게는 조금 어려운 일이었나 보다. 그래서 이런 나 홀로 여행족들을 보면 참 대견하고 그 용기에 박수를 보내고 싶다.

여름방학과 겨울방학이 되면 '내일로' 티켓을 끊고 기차여행을 가는 젊은이들을 많이 볼 수가 있다. 내가 20대였을 때는 유럽 배낭여행이 필수 아닌 필수사항이었는데 이제는 '내일러'라는 신조어가 탄생했을 정도로 내일로 기차여행은 젊은 대학생들에게 '20대에 꼭 해봐야 할 일' 중 한 가지로 꼽힌다. 기차 승무원으로 이런 여행 분위기는 참 반가운 일이다. 우리나라의 아름다운 관광지를 많은 사람들, 특히 젊은이들이 알았으면 하는 마음이 크기 때문이다.

　《바람의 딸, 우리 땅에 서다》를 쓴 한비야씨는 외국인도 아는 임실이 전라북도인지 남도인지 잘 기억이 나지 않는 본인 스스로에게 놀랐다고 한다. 한국에 대해 모르는 것이 많다는 것을 느낀 한비야씨는 걸어서 우리나라를 일주하고 이 책을 썼다고 한다. 나 역시 승무를 하다보면 처음 듣는 역이 많아서 헷갈릴 때도 있고 '통영'을 강원도라고 철썩 같이 믿다가 경상남도라는 것을 알고는 충격을 받기도 했다.

　관광열차는 기차 운임에 관광요금이 포함되어서 일반 기차에 비해 요금이 조금 비싸지만 내일러들은 운임에 50퍼센트를 할인받아 이용할 수가 있다. 요즘에는 내일러들을 위한 가이드 북까지 나온 것을 보면 대학생들의 기차여행이 많이 보편화 된 것 같다.

　S트레인에 승무할 때 내일러들이 가장 많이 이용했던 역은 순천과 보성, 여수 EXPO역이었다. 큰 배낭을 짊어지고 양손에 짐을 들고 있는 어린 학생들을 보면 대번에 내일로 여행 중이라는 것을 알 수 있다. 대부분 무리를 지으며 다니지만 혼자 여행을 하는 내일러들도 심심치 않게 볼 수 있다. 하루는 겨울에 혼자 벌교역에 내리는 키가 큰 남자 승객을

만난 적이 있다.

"꼬막정식 드시러 가세요? 여기는 어느 식당을 가도 다 맛있어요."

"아! 네, 감사합니다."

"방학 이용해서 혼자 여행 중이신가 봐요?"

"네. 제가 이번에 편입시험에 합격을 해서 입학하기 전에 혼자 여행 왔어요."

"어머 정말요? 축하드려요. 저도 편입해봐서 아는데 시험 준비하느라 수고하셨어요."

"네, 감사합니다."

벌교역에 가기 전 짧은 대화를 나누면서 마치 학교 선후배가 된 느낌이 들었다. 편입하고 적응하는데 필요한 나름의 노하우들을 알려주면서 후회 없는 학교생활을 하도록 응원해주었다.

"세상에서 가장 즐거운 일은 여행이다. 그러나 나는 혼자서 가기를 좋아한다."

윌리엄 헤즐릿의 말처럼 여행은 인생을 즐길 수 있는 최고의 방법이 아닐까 생각한다. 승무를 하면서 혼자 여행하는 승객을 볼 때면 인생을 즐겁게 살고 있다는 생각이 들면서 그들의 여유가 부러울 때도 있다. 혼자 기차여행을 하는 사람들이 오면 꼭 이유를 물어본다. 대부분은 혼자 여행하고 싶어서, 또는 취업 전에, 입대 전에, 면접이나 자격증 시험을 본 후에 기차여행을 떠난다고 했다.

승객 중에는 혼자 오시는 할아버지들도 많이 계신다. 그런 할아버지 승객들을 뵐 때마다 식사는 잘 챙겨 드실지 항상 걱정이 된다. 한 아저씨 승객은 등산을 참 좋아하셔서 기차에 탈 때마다 등산복을 입고 오신다. 벌써 우리 기차에만 열 번이 넘게 타셨는데, 올 때마다 승무원들에게 줄 간식을 잔뜩 사들고 오신다. 지난 번에는 백두산에 다녀오셨다며 색깔별로 기념 손수건을 가져와 선물해주셨다.

어느 날은 웃는 얼굴이 참 보기 좋으신 할아버지 한 분이 타셨는데 말씀을 못하셨다. 할아버지가 내미신 꼬깃꼬깃 접은 종이에는 '도라산역에 갑니다.'라고 적혀 있었다. 임진강역에서 신원확인 한다는 내용과 관광 방법을 종이에 크게 적어 드렸다.

관광을 마치고 돌아가는 기차에서 할아버지가 손짓으로 나를 부르셨다. 무슨 일인지 다가갔더니 가방에서 도시락 통을 꺼내시고는 먹으라는 시늉을 하셨다. 도시락 뚜껑을 열자 가지런히 정리된 김밥과 순대가 담겨 있었다.

'할아버지 감사합니다. 하지만 근무 중이라 먹을 수가 없어요.'

얼른 종이에 적어서 보여드리자 할아버지는 안타까운 표정을 지으시며 자꾸 통을 나에게 내미셨다. 계속 거절하기 죄송해서 김밥 한 알을 손바닥에 놓고 '잘 먹겠습니다. 사오셨어요?'라고 적으니, 할아버지는 종이에 '할멈'이라고 적으셨다. 혼자 여행 가는 남편을 위해 할머니께서 아침부터 김밥을 싸셨나 보다. 서로 아껴주시는 두 분의 마음이 나에게도 절절히 느껴졌다.

기차여행을 하는 승객 중 가장 공감이 갔던 승객은 결혼 전에 혼자 여행 온 아가씨였다.

"결혼 전에 혼자만의 시간을 가지려고요."

부끄러운 듯 목소리에서 작은 떨림이 느껴졌던 승객은 귀에 이어폰을 꽂고 계속 음악을 들었다. 결혼을 앞두고 이런저런 생각이 많아진 것 같아 보여서 나도 나중에 결혼 전에 혼자만의 여행을 떠나 보리라 하고 다짐했다.

여행을 하면서 기대 되는 것 중 하나가 여행지에서의 낯선 만남이다. 중국에서 장춘으로 기차여행을 떠났을 때 옆자리에 앉았던 중국 청년과 세 시간 동안 얘기를 나누기도 했다. 호주로 가는 비행기 안에서는 일본 축구선수와 짧은 영어단어를 사용해 대화를 한 적도 있다. 여행지에서의 만남만큼 이동하는 기차 안이나 비행기 안에서의 만남 또한 우리에게 생각지도 못하는 짜릿한 경험을 하게 해준다.

만약 내 옆자리에 내가 그토록 좋아하는 가수나 배우가 앉아 있다고 생각해보자. 또는 내가 꿈꾸던 완벽한 이상형에 가까운 이성이 있다면? 그날 떠난 여행이 내 인생 최고의 순간으로 바뀔 수도 있다.

기차 여행에서는 옆자리에 앉은 아주머니에게서 따뜻한 커피를 얻어 마실 수도 있고, 뒷자리에 앉아 계신 할아버지의 정이 듬뿍 담긴 삶은 달걀을 받을 수도 있다. 꿈에 그리던 멋진 이성을 만나지 않더라도 이런 정을 느낄 수 있는 여행이라면 곱씹을수록 잔잔한 감동을 안겨줄 수 있는 멋진 추억이 되지 않을까 생각해 본다.

다들 저마다의 사연을 안고 기차에 오른다. 그리고 여행이 끝나면 또 하나의 새로운 이야기를 만들어 기차에서 내린다. 가끔은 혼자 왔다가 둘이 되어 가는 경우도 있다.

만남이 있고, 웃음이 있고, 정이 있는 기차여행은 오늘도 계속된다.

눈물 젖은 빵

　도라산행 기차에 할아버지 한 분이 타셨다. 한눈에 보기에도 백발이 성성하고 느린 걸음걸이. 깨끗하게 다린 와이셔츠와 반짝이는 구두를 신으신 할아버지는 귀가 조금 어두우셨다.

　"고객님. 오늘 도라산역 가시죠?"

　"뭐라고? 잘 안 들려."

　할아버지를 자리에 앉혀 드리고 출입신청서를 작성하기 위해 종이에 '신분증 보여주세요.' 라고 적어 보여드렸다. 할아버지가 지갑을 꺼내시려고 재킷을 열자 그 사이로 크고 번쩍이는 훈장이 보였다.

　"고객님, 오늘 제 3땅굴 하고 도라산 전망대 가실 거죠?"

　크게 소리치듯 말씀 드리니 고개를 끄덕이시면서 신분증을 내미셨다.

　'1924년생?'

　출입신청서 작성을 위해 신분증을 들여다보고 깜짝 놀랄 수밖에 없었다. 할아버지는 올해 아흔으로 이렇게 고령의 승객은 처음이라 적잖

이 놀랐다. 귀가 어두우신 할아버지가 궁금해 하실까봐 옆에 서서 객실에서 나오는 방송을 설명해 드렸다.

"할아버지 저기 나무로 만든 다리 보이세요? 저게 바로 자유의 다리에요."

아무 말 없이 창밖을 보시던 할아버지는 조용하게 무어라 말씀하시는데 잘 들리지가 않아서 고개를 바짝 숙였다.

"할아버지, 뭐 궁금하신 거 있으세요?"

창밖으로 시선을 고정시킨 할아버지는 다시 한 번 입을 여셨다.

"저 다리를 내가 포로로 건너왔어. 그때 건너와 보고 오늘 처음 와본 거야. 죽기 전에 한번 보려고."

순간 할아버지의 말에 가슴이 무너져 내리는 것만 같았다. 무어라 대답도 못하고 그저 눈물만 글썽거리며 할아버지 옆에 가만히 서 있을 뿐이었다. 임진강 철교를 지나며 창에 손을 대고 하염없이 임진강을 바라보시던 할아버지는 계속해서 뭐라고 중얼거리셨다. 잘 들리지는 않았지만 옛 전우들이 그리우셨던 게 아니었을까 하고 생각해본다.

돌아가는 기차에 타신 할아버지는 "덕분에 구경 잘했다."고 하시며 의자에 앉아서 다리를 손으로 주무르고 계셨다. 오랜만에 많이 걸어서 피곤하셨는지 의자에 등을 기대고 다시 창밖을 말없이 바라보셨다.

"할아버지, 오늘 구경 잘하셨어요? 댁이 문산역 근처세요?"

"응. 나 혼자 살아. 애들은 다 따로 살아."

"아, 네… 할아버지 식사는 하셨어요?"

"응, 이제 가서 먹어야지."

쉽사리 할아버지 곁을 떠나지 못하고 한 발짝 떨어져 서 있었다. 잠시 후 할아버지는 들고 오신 작은 검은 봉지에서 빵과 우유를 꺼내시고는 천천히 드시기 시작했다. 그 모습을 보는데 가슴이 아려왔다.

"지금 지나가고 있는 저 나무로 만든 다리가 바로 자유의 다리입니다. 1953년 1만 3000여 명의 포로들이 저 다리를 건너왔습니다."

매번 이렇게 방송하지만 쉽게 실감이 나지 않았다. 나라를 위해서 목숨을 걸고 싸우신 할아버지는 그 어린 나이에 자유의 다리를 직접 건너오신 산 증인이셨다. 할아버지의 심정을 그 누가 알까?

빵을 드시는 할아버지 옆에 서서 청승맞게 훌쩍거렸다. 조국을 위해 용감하게 싸워주신 할아버지께 감사의 마음을 담아서 방송을 했다.

"지금 우리 열차에 아주 특별하신 분이 타고 계십니다. 3호차에 타고 계신 고객님은 올해 아흔으로, 6.25 전쟁 때 자유의 다리를 건너오신 분입니다. 지금 우리가 이렇게 기차를 타고 가족과 함께 여행을 갈 수 있는 것은 모두 다 나라를 위해 용맹하게 싸워주신 국가유공자 분들 덕분입니다. 할아버지께 진심으로 감사드립니다."

객실 내 모니터로 할아버지를 비춰 드리자 승객들은 박수로 화답해주셨다. 귀가 잘 안 들리시는 할아버지께 "할아버지, 오늘 기차에 탄 손님들이 모두 할아버지께 감사하대요."라고 전달해드리자 웃으면서 손을 흔들어 주셨다.

할아버지는 문산역에 내리기 전 내 손을 꼭 잡고 "오늘 정말 고마웠어."라고 하셨다. 멀어져가는 할아버지의 모습을 보면서 우리나라에 있는 수많은 국가유공자 분들께 진심으로 감사하는 마음이 들었다.

국가유공자 분들 만큼 실향민들의 방문도 잦다. 각기 저마다의 사연을 가지고 기차에 오르는데, 한 승객의 사연이 온 기차 안을 눈물바다로 만든 적이 있었다.

"오늘 나누고 싶은 사연이 있으시나요? 엽서에 사연 적어주시면 소개해 드리겠습니다."

잠시 후 인상 좋으신 아버님이 엽서를 내미셨다. 신청곡에는 나훈아의 '홍시'가 적혀 있었다. 무슨 사연인지 미리 읽다가 나도 모르게 눈시울이 붉어졌다.

"통일은 언제 오려나. 큰형님은 6.25전쟁으로 돌아가셨다. 우리 어머니는 늘 사립문을 열고 형님이 돌아오기만을 기다리셨다. 기다리다 기다리다 작년에 어머니마저 돌아가셨다. 이런 비극이 두 번 다시 일어나지 않고 후손들에게 물려주지 말아야 한다."

'기다리다 기다리다' 이 부분을 읽다가 울컥해서 결국 울먹이는 목소리로 마저 사연을 읽었다. 고개를 들어보니 손님들 몇 분은 나처럼 울고 계셨다. 겨우 눈물을 참고 말을 이어갔다.

"고객님, 오늘 하루만큼은 마음에 무거운 짐 내려놓으시길 바랍니다. 이야기 나누어 주셔서 정말 감사합니다."

가까스로 감정을 추스르고 있는데, 선배 승무원의 말에 결국 울음을 터뜨리고 말았다.

"어떡해. 고객님께 선물 드리려고 갔더니 울고 계세요."

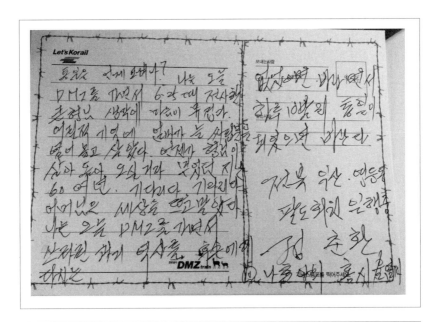

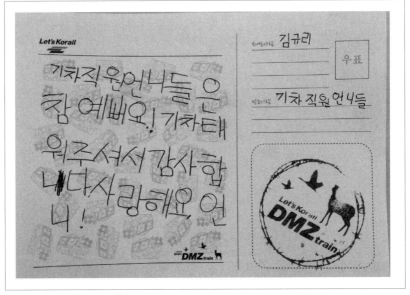

가슴이 정말 아팠다. 하지만 내 가슴이 아파봤자 이 아버님만큼 아플까. 그날 우리 열차는 눈물의 기차였다.

여름에는 혼자 도라산행 기차를 타신 60대의 남성 승객이 한 분 계셨다. 큰 배낭을 메고 오셨는데 크기가 몸의 절반을 넘을 정도로 크고 무거웠다.

"고객님, 오늘 도라산역 가시죠? 돌아오는 승차권 확인 부탁드립니다."

"나 오늘 도라산역에서 잘 거야. 그래서 내일 기차 타고 서울 가려고."

싱글벙글 웃으면서 대답하셔서 처음에는 장난으로 말씀하시는 줄 알았다. 그런데 확인해보니 정말 다음날 출발하는 기차표를 가지고 계셨다.

"고객님, 도라산역은 민통선 구역이라 오늘 나오셔야 해요. 이따 도라산역에 가셔서 기차표 꼭 바꾸세요."

그러자 표정이 어두워지시면서 얼굴에 실망한 기색이 역력했다.

"아 그래? 이걸 어쩐다. 오늘 도라산역에서 자려고 다 챙겨 왔는데…."

알고 보니 이 분의 고향은 북한에 있는 장단역으로 어린 시절의 추억이 생각나 도라산역에서 캠핑을 하려고 했던 것이었다. 장단역은 도라산역에서 얼마 떨어지지 않은 거리로 육안으로 보일 정도이다.

"이거 다 준비해왔는데 아쉽네. 허허 할 수 없지 뭐."

아저씨는 가방에서 침낭이며 베개, 코펠, 식재료 등을 꺼내 보여주며 너털웃음을 지으셨다. 고향의 장단역과 가까운 곳에서 하룻밤 묵을 생각에 얼마나 신나셨을지 생각만 해도 오히려 내가 죄송스러워졌다.

기차를 타면서 실향민들과 국가유공자 승객들을 맞이할 때마다 쉽게 위로의 말이 떠오르지 않는다. 어린 시절 할머니 할아버지께 피난시절의 이야기는 들어봤지만 직접 겪은 게 아니기 때문에 쉽게 공감이 가지 않았고 이해하기도 어려웠다.

그분들의 아픔과 슬픔을 어떤 말로 표현할 수 있겠는가? 난 그저 옆에서 같이 손을 잡아주고, 눈물 흘려주고, 조금이라도 위로가 될 수 있도록 한 발짝 옆에 서 있을 뿐이다.

그렇게라도 그분들에게 잠깐이라도 따뜻한 기운을 전해드릴 수 있다면 그것으로 만족한다.

공휴일
그런 거 몰라요!

설날, 추석, 어린이날, 현충일, 개천절….

몇 년 전까지만 해도 빨간 날만 되면 여행 갈 생각에 들떴지만 지금은 빨간 날이 가장 무서운 날이다. 대부분의 직장이 주5일제이다 보니 주말을 포함한 공휴일이 되면 가족, 연인, 학생, 회사모임, 외국인 등 각양각색의 승객들이 기차를 타러 온다. 주5일제로 인해 많은 사람들의 여가생활이 달라졌다는 기사를 읽었는데, 정말 많은 여행객들이 주말이나 공휴일마다 기차로 몰리는 것을 느낄 수가 있다.

기차는 365일 연중무휴 달리고 또 달린다. 명절이 되면 더욱 열심히 달린다. 기차가 달리니 기차와 함께 일하는 사람들도 연중무휴 근무한다. 명절이 되면 승객들이 평소보다 몇 배나 몰려서 승무원들은 긴장할 수밖에 없다.

어떤 승객들은 표를 구하지 못해서 이미 입석까지 매진인 기차에 부과금을 내면서도 탄다. 익산지사에 있을 때 설을 맞아 서울로 올라간 적이 있었다. 그때 표 없이 막무가내로 타는 승객들이 많아서 승무원이 처리하느라 힘들어 하는 모습을 보기도 했다.

모든 서비스직들이 다 그렇지만 직접적으로 사람을 대하는 기차 승무원 역시 많은 인내심과 배려심을 요하는 직업이다. 한 뉴스 기사에서 스트레스 높은 직업으로 열차 객실 승무원이 6위에 오른 것을 본 적이 있다. 빠르고 안전한 교통수단으로 알려진 기차에는 그만큼 승객들도 많이 타게 된다. 이 수많은 승객들의 안전을 책임지고 있는 기차 승무원들의 스트레스도 책임감만큼이나 크다.

만약 서비스 관련 업무들이 주 5일제처럼 주말마다 쉰다면 어떻게 될까? 회사원이었을 때는 서비스직의 고충을 크게 느끼지 못했다. 주말에 근무하는 것이 얼마나 많은 것을 포기해야 하는지 몰랐던 것이다. 물론 모르고 시작한 건 아니지만 막상 서비스직에 뛰어들고 나니 내가 몰랐던 점들을 많이 깨달았다고 하는 게 맞는 말일 것이다.

휴일에 근무를 하다 보니 명절이나 경조사 등을 챙기는 것이 어려워졌다. 동료 승무원들과 스케줄을 조정해서 중요한 날은 바꾸거나 휴가를 내기도 하지만, 내가 쉬면 다른 사람이 나 대신 근무해야 한다는 생각에 쉬어도 괜히 미안한 마음이 든다.

'오늘 일요일이라 열차가 만석일 텐데, 근무하는 중에 별일 없을까?'

쉬는 날 이 생각이 먼저 드니 말이다.

명절이던 공휴일이던 기차를 정시에 출발시키고 도착시키는 업무를 하는 역무원 분들의 노고에도 감사를 드린다. 남들 다 쉬는 날에 나만 못 쉰다는 생각에 조금은 아쉽지만 "휴일에도 정말 수고가 많으십니다."라는 승객들의 말에 나의 수고가 헛되지 않은 거 같아 금세 뿌듯함을 느낀다.

공휴일에 가장 바쁘지만 다른 면에서는 좋은 점도 많다. 회사에 다닐 때는 주말에 백화점이나 영화관을 가면 사람이 너무 많아 조금 답답하기도 했는데 지금은 주로 평일에 쉬다 보니 어디를 가나 한가해서 참 좋다. 내가 좋아하는 서점에 가도 한가하고 영화관을 가도 사람이 적어서 마치 상영관 하나를 통째로 빌린 기분으로 영화를 볼 수가 있다.

가장 좋은 점은 관공서 등을 이용하기 쉽다는 점이다. 예전에는 은행 업무를 보거나 병원을 가려면 점심시간을 이용하거나 업무시간에 눈치보며 상사에게 허락을 받고 갔다. 대부분의 회사원들이 이런 식으로 은행이나 병원을 가기 때문에 대기자도 많고, 가끔은 식사시간과 겹쳐서 진료를 못 받고 그냥 돌아가는 경우도 있었다.

이런 점에서는 평일에 쉬는 것도 좋은 것 같다. 여행을 가더라도 평일에 사람이 적으니 차도 밀리지 않고 마음껏 여유를 부리며 풍경을 감상할 수가 있다. 항공사 승무원으로 근무 중인 대학 친구는 공휴일에 근무하고 평일에 쉴 수 있는 점을 가장 만족해했다.

"어차피 주말에 사람 많은데 가서 복잡하게 진 빼느니, 그냥 비행하는 게 나을 때도 있어. 사람 없는 평일에 맘껏 쉬니까 좋아. 그리고 명절이나 공휴일에 근무하면 휴일 수당 주잖아."

예전에는 친구의 얘기에 공감하지 못했었는데 막상 내가 승무원이 되어서 휴일에 근무를 하고 평일에 쉬다 보니 그 말에 충분히 공감할 수 있게 되었다.

"주말인데 일 나가는 거야? 언제 쉬니?"

"지난 주 평일에 쉬었잖아. 난 주말이 제일 바빠."

도시락을 챙겨주는 엄마에게 웃으며 대답하고 또 출근을 한다. 아빠는 이 출근길을 30년 가까이 다니셨다고 생각하니 힘들다는 핑계도 나오지 않는다. 공휴일에 출근하면서 나를 출근길에 데려다 주는 버스기사님과 전철 기관사님, 청소 이모님들과 서울역 직원들을 보면 나 혼자만 출근하는 게 아니라는 생각에 위로가 되면서 이분들 덕분에 우리나라가 잘 돌아가고 있구나 하는 생각도 든다.

아빠는 이 긴 시간 동안 어떻게 근무를 하셨을까? 돌아보면 아빠는 중요한 날이면 가장 바쁘셨다. 고르바초프 대통령이 내한했을 때도 아빠는 사이클을 타며 경호 근무를 하셨고, 2002 월드컵 때는 시청역에 가서서 시민들의 안전을 위해 일하셨다. 나라에 큰일이 생길 때나 비상사태가 있을 때면 아빠는 아침이든 저녁이든 늘 출근하셨다.

학창시절, 주말이나 방학이 되면 항상 늦잠을 잤고 그건 회사를 다니면서도 마찬가지였다. 토요일이면 11시나 12시에 일어나는 것이 기본이었다. 푹 늘어지게 늦잠을 자고 주말에 눈을 떴을 때 아빠는 계시지 않았다. 아빠는 공휴일에도, 명절에도, 주말에도 항상 아침 일찍 출근하셨다.

기차 승무원이 되어서 기차 시간에 맞춰 생활을 하다 보니 예전보다 더 규칙적이 되었다. 그도 그럴 것이 일반 회사에 다니면 지각을 하더라도 빨리 가면 되지만, 나는 지각을 하면 기차는 떠나버린다. 생각만 해도 끔찍하다. 회사는 떠나버릴 일이 없으니 최대한 빨리 가면 되지만 기차는 떠나 버리면 따라갈 수가 없으니 승무원들에게 아침 출무 시간은 꼭

지켜야 하는 필수 사항이다.

친구들의 결혼식이나 듣고 싶은 강연 세미나는 항상 주말에 하기 때문에 참석하기가 여간 쉬운 게 아니다. 그래도 좋은 점만 생각하며 근무하고 있다. 공휴일에는 어딜 가나 요금이 평일에 비해 비싸다. 공휴일에 근무를 하기 때문에 쓸데없는 지출을 줄일 수 있어서 좋고, 아침 출근길에도 사람이 적어서 좋다. 안 좋은 점만 생각한다면 안 좋을 것이고 좋은 일만 생각하면 좋은 것이다.

장안의 화제가 된 '미생'이라는 드라마는 대한민국 직장인들의 현실이 고스란히 녹아 있다. 드라마에 나오는 모든 대사 한마디 한마디가 명대사로 손색이 없다.

그 중 가장 가슴에 와 닿았던 건 주인공 '장그래'의 대사였다.

"언제나 그랬다. 매일 새벽같이 기원에 가는 길에도. 야간 아르바이트를 마치고 돌아오는 길에도. 아무리 빨리 이 새벽을 맞아도 어김없이 길에는 사람들이 있었다. 남들이 아직 꿈속을 헤맬 것이라 생각했지만 언제나 그랬듯 세상은 나보다 빠르다."

스물두 살 첫 회사를 다니며 새벽 출근을 할 때, 엄마는 걱정이 되시는지 아파트 마당까지 배웅을 나오셨다.

"아직 엄마 눈에는 병아리보다 연약해 보이는데, 이 새벽에 출근을 하니."

부모님 눈에는 물가에 내놓은 어린아이같이 느껴졌을 것이다. 그때나 지금이나 출근길의 모습은 똑같다. 평일이든 공휴일이든 거리에는 항상 새벽을 여는 사람들이 있다.

한 개그 프로그램에서 공휴일에도 근무를 하는 직장인들에게 응원의 메시지를 보내준다.

"여러분 힘내요. 여러분 웃어요. 힘들고 지쳐도 웃어요."

공휴일에 일하는 모든 대한민국 직장인들에게 감사와 존경의 박수를 보낸다.

칭찬은 승무원을
춤추게 한다

　칭찬을 싫어하는 사람도 있을까? 나는 유난히 칭찬에 약한 편이다. 유치원에 다닐 때는 선생님의 칭찬이 듣고 싶어서 엄마를 졸라 피아노를 배웠고, 초등학교에 다닐 때는 발표시간마다 손을 들어 발표를 했다.

　초등학교 4학년 때 친구들이 집으로 놀러온 적이 있다. 그 중 한 친구는 우리 반의 반장이었고, 부반장이었던 나와는 은근히 라이벌 구도를 가졌다. 친구들에게 사진첩을 꺼내 보여주고 간식도 먹으면서 놀다가 한 친구가 벽에 걸려 있는 그림을 보고 나에게 질문을 했다.

　"저 그림은 뭐야? 잘 그렸다."

　친구가 물어본 그림은 내가 초등학교 2학년 때 그린 것이었다. 잠수부가 바다 속에서 수십 마리의 물고기를 구경하는 모습을 담은 그림이었다. 방학숙제로 그렸던 것을 엄마가 액자에 넣어 벽에 걸어 놓은 것이었다.

　"예쁘지? 세영이가 2학년 때 그린 그림이야."

엄마는 간식을 챙겨주면서 친구들에게 내가 그린 그림 몇 가지를 더 보여주셨다. 그림 그리고 색칠하기를 좋아했던 나는 한 때 꿈이 화가였다.

그로부터 얼마 후 교외에서 하는 그림대회가 열렸고 우리 학년에서는 반장이 대표로 나가서 상을 받아왔다. 선생님은 그 친구가 받은 상을 알려주면서 그림을 보여 주었는데 몇몇의 아이들이 수근거렸다.

"저거 세영이네 집에서 봤던 그림 아니야?"

"맞는 거 같아. 잠수부가 바다 속에 있는 그림."

나는 조금 화가 났지만 그 친구에게 화를 내지 않았다. 그림이 아무리 비슷하더라도 본인이 아니라고 하면 그만이니까 말이다. 그 후에도 친구는 내가 만드는 찰흙 모형, 수채화 그림, 심지어 입고 다니는 옷 스타

일까지 비슷하게 따라했다.

지금에 와서 돌이켜 보니 그 친구도 나처럼 칭찬 받기를 좋아했던 아이가 아니었을까 하는 생각이 들었다. 그 친구는 늦둥이로 태어나서 부모님의 사랑을 독차지하다 보니 늘 칭찬 받는 것이 익숙했던 것이다. 아직도 초등학교 때 친구들을 만나면 그 얘기를 하면서 웃어넘긴다.

가장 듣기 좋은 칭찬은 엄마 아빠의 칭찬이었다.

"우리 딸 글짓기도 잘하네. 나중에 국어 선생님 해도 되겠어."

"내 딸 대단해. 회사 다니면서 공부하기 힘들지? 장하다."

어렸을 때는 칭찬을 듣기 위해서 공부를 하거나 무엇을 배웠다면 이제는 내가 하는 행동으로 칭찬을 듣게 되었다.

승무원은 '민원' 이라는 것을 받게 되는데 '칭찬 민원' 과 '불만 민원' 두 가지로 나뉜다. 칭찬 민원은 말 그대로 승객이 승무원을 칭찬해주는 것이고, 불만 민원은 승객이 여행 중 마음에 들지 않은 점을 알려주는 것이다. 그래서 불만 민원을 받으면 속이 상한다. 내가 받았던 불만 민원은 웃기면서도 황당했던 일이다.

백마고지행 열차는 정차 역들이 대부분 외곽 지역이라 풀이 많아서 벌이나 파리들을 쉽게 볼 수가 있다. 어느 날 큰 파리 한마리가 기차 안에 들어오게 되었다. 크기가 제법 커서 무서웠지만 날아다니는 게 보기 싫어서 재빨리 팸플릿을 구겨서 파리를 때려잡았다.

다음날 한 50대의 여성 승객이 파리가 불결하다며 불만 민원을 올렸다. 그 얘기를 듣고 조금은 억울했다. 파리는 내가 들어오게 한 것도 아니고 보이자마자 바로 잡았는데 말이다. 이벤트 타임 때 가장 신나게 응하고 선물도 받아 가신 승객이라는 것을 알고는 참 섭섭했다. 그래도 어쩌겠는가? 그 다음부터는 파리가 들어오는지 안 들어오는지 잘 살피는 수밖에.

칭찬 민원을 받으면 기분이 날아갈 것처럼 좋다. 참 신기한 게 내가 아무 생각 없이 한 행동이 승객에게는 잊을 수 없는 감동으로 남을 수 있다는 점이었다. 처음 받았던 칭찬 민원은 S트레인 승무 때 동료 승무원과 함께 받은 것으로 아직도 그 내용을 잊을 수가 없다.

"11월 3일 여수에서 구포로 오는 관광열차를 탔어요. 열차를 타자 25개월인 저희 딸이 갑자기 열이 나기 시작했어요. 체온계를 들고 다녔는데 비상약도 없었고 혹시나 싶어 여쭤보니 아이용 해열제 약을 가져다주시더라고요. 전주역에서 잠깐 멈출 때에 바람 쐴 겸, 애들 데리고 내리는데 열 내렸냐고 괜찮으냐고 물어보시더라고요. 그리고 요술풍선 저희 애들 하나씩 쥐어주고. 제가 처음 타본 관광열차라 여러 번 찾아가서 꼬치꼬치 물었는데도 매번 웃으면서 자세히 말해주고 정말 감사했어요. 열이 이미 39.7도인 상황이었고 승무원이 재빠르게 약을 가져다준 덕분에 길도 모르는 중간에 병원 안 가고 집까지 올 수 있었네요. 애가 둘이나 아파서 정신없었는데 정말 감사합니다."

이 글을 읽고 어떤 승객인지, 어떤 상황인지 생생하게 떠올랐다. 저녁 무렵 아이들과 함께 기차에 오르신 그 어머니는 3호차 스낵바에 오셔서 "아이가 열이 많이 나서 그러는데 해열제 같은 거 있을까요?"라고 물으셨고 나는 잠시만 기다려 달라고 얘기를 하고는 전무님께 말씀 드

려서 약을 받아 왔었다.

전주역에서 기차 복도에 나와 있는 아이를 보니 열이 나서 볼이 발그레했고 코에는 노란 콧물이 흐르고 있었다. 다행히 나중에 열이 많이 내려서 아이들 어머니가 고맙다고 인사를 하셨던 기억이 난다. 처음 받은 칭찬에 얼떨떨하면서도 동기들과 회사 선배님들의 축하를 받으니 참 뿌듯하고 행복했다.

'아! 이런 게 칭찬의 힘이구나.'

이전에 회사를 다니면서 칭찬을 받았던 기억이 별로 없다. 나 역시 동료나 후배에게 칭찬한 적이 있었나 하고 생각이 들만큼 나도 칭찬에 인색했던 것 같다. 칭찬 민원을 받을 때마다 '내가 과연 이 칭찬을 받을만한 행동을 했던가?'라는 반문이 들기도 한다. 그리고 칭찬 민원을 받으면서 기쁘기도 하지만 그만큼 더 잘해야겠다는 책임감도 뒤 따른다.

언젠가 신문기사에서 기막힌 이야기를 읽은 적이 있다.

독일이 통일되기 전 어느 날, 동독 사람들이 쓰레기 더미를 서독 쪽으로 버리게 되었다. 이것을 본 서독 사람들은 쓰레기를 다시 동독으로 버릴까 하고 생각을 했다. 하지만 서독은 트럭 한 대에 통조림과 식량을 잔뜩 실어서 동독 쪽에 쌓은 뒤 표지판을 하나 걸어 두었다고 한다. 그 표지판에는 이런 문구가 쓰여 있었다.

'사람은 자기 안에 있는 것을 준다.'

'나는 지금까지 남들에게 무엇을 주고 살았을까?' 하는 생각을 해본다. 내가 상냥함을 베풀었을 때 승객은 나에게 칭찬을 돌려주었다. 앞으로도 나는 사랑과 친절함을 나눠주며 근무하고 싶다.

'칭찬은 고래도 춤추게 한다.'는 말이 있듯이 칭찬은 승무원도 춤추게 만든다.

미운 고객님
떡 하나 더 주기

"고객님, 지금 역정 내신다고 자리가 생기는 게 아니에요. 건강에 안좋으니까 흥분하지 마시고 조금만 기다려 주세요."

어르신 승객들이 타면 기차 안은 시끄러워진다. 일반 기차에 비해서 가격이 좀 더 비싼 점과 입석일 때 자리가 없다는 점이 어르신들이 화를 내는 이유이다. 관광열차는 열차 운임에 관광비용이 적용되어서 일반 기차보다 비싼 것이고, 자리가 만석일 때는 자리가 없으니 당연히 입석으로 가야 한다. 하지만 이렇게 없는 자리를 내놓으라고 생떼를 쓰시는 어르신들을 볼 때면 답답해진다.

"나이가 들수록 어린아이가 되는 거야. 그래도 나이 많은 어른들한테 잘하렴. 그래야 나중에 네가 나이 들면 베푼 만큼 그대로 돌려받을 거야."

엄마는 나에게 늘 이렇게 말씀하셨다. 모든 어르신들이 미운 것이 아니라 가끔씩 이렇게 억지를 쓰는 승객들을 만날 때면 기운이 빠진다.

"고객님, 다음부터는 미리미리 표 예매해서 끊어오세요. 다리 아프신데 서서 가면 힘드시잖아요."

"그래그래 알았어. 고마워 고마워."

옆에서 보다 못한 젊은 학생이 자리를 양보해준 덕분에 할아버지의 고함이 멈췄다. 몇 정거장을 지나 빈자리가 생기자 그곳으로 학생을 안내해 주며 감사의 인사를 건넸다.

승무를 하다 보면 정말 다양한 승객들을 만나볼 수가 있다. 거의 대부분 기분 좋게 웃으시며 잘 대해주는 분들이 많지만 가끔 정말 미운 승객들도 있다. 서비스직의 가장 큰 고충이란 이런 미운 승객들에게도 웃으면서 대해야 한다는 점이 아닐까?

"이거 봐 이거. 어떻게 된 게 아무도 전화를 안 받아? 이거 빨리 해결해!"

기차가 떠나가라 고래고래 소리를 지르는 한 남성 승객. 관광 상품을 결제하고는 바우처를 프린트 해오지 않은 본인의 잘못은 아랑곳하지 않고 애꿎은 승무원들에게 화를 내고 있었다.

"고객님 잠시만 기다려 주시면 알아보고 자리 안내해드리겠습니다."

"잠시고 뭐고 간에 지금 당장 알아오란 말이야!!"

어찌나 소리를 지르시던지 옆에 있던 다른 승객이 조용히 좀 하라고 한소리 할 정도였다. 영화표가 없으면 영화관에 못 들어가고, 입장권이 없으면 놀이공원에 못 들어가는 것이 당연하다. 기차표 없이 기차를 탄 승객은 모든 책임을 승무원인 우리에게 물었다. 게다가 주말이라 여행센터 직원들이 모두 쉬는 날이어서 겨우 알아보고 자리를 안내해 드렸다.

"왜 이렇게 느려? 아주 이 나쁜 년들."

순간 내 귀를 의심했다. 지금까지 살면서 처음 듣는 욕이었다. 같이 일하는 동료 승무원 중에는 이제 갓 사회생활을 시작한 20대 초반의 친구도 있었다. 속이 상하고 화가 나서 마음 같아서는 당장 사과를 받아내고 싶었지만 다른 승객들에게 피해를 줄까봐 방송실 마이크를 잡고 나에게 맡겨진 업무를 시작했다.

종착역에 도착하고 대기시간에 동료 승무원들과 마주보고 앉아 서로 위로를 해주었다.

"우리 엄마 아빠한테도 한 번도 혼나본 적 없는데….''

서로서로 다독이며 우울하고 속상한 기분을 털어냈다. 돌아가는 기차에서 다른 승객들에게 즐거운 추억을 안겨드리기 위해서 이벤트 타임 때 최선을 다했다.

기차가 서울역에 도착하고 환송인사를 하러 기차 밖에서 인사를 드리는데 아까 불같이 화를 내고 욕을 하셨던 승객이 지나가셨다. 미운 감정이 남았지만 그래도 웃으면서 인사를 했다.

"감사합니다. 안녕히 가세요."

그 승객은 멋쩍은 듯이 고개를 끄덕이며, "수고했습니다."라며 인사를 하셨다. 좀 전까지만 해도 그 승객이 참 미웠지만 마지막 인사에 조금 놀라면서도 기분이 나아지는 것을 느낄 수가 있었다.

소설가 박완서님의 《소설어 사전》에는 '미운 아이 떡 하나 더 준다.'라는 속담이 나온다. 뜻을 보면, '자기가 미워하는 사람일수록 잘 해주고 인심을 얻어 그로부터의 후환이 없도록 술책상 후하게 대해야 한다는 말'이라고 나와 있다.

승무하면서 이유 없이 화를 내면서 다짜고짜 반말을 하거나 쉴 새 없이 시끄럽게 떠드는 승객들을 보면 가끔 미울 때가 있다. 서비스직에 종사한다는 이유로 막 대하려고 하는 사람들도 있다.

백화점에 갔더니 이런 문구가 적혀 있었다.

'지금 마주하고 있는 직원은 고객 여러분의 가족 중 한 사람일 수 있습니다. 상대방의 인권을 무시하는 고성, 욕설 등의 언어폭력도 처벌받을 수 있습니다.'

서비스직은 흔히 감정노동이라고도 한다. 맞는 말이다. 내 감정을 숨기고 웃는 가면을 쓰고 일하는 직업이니 말이다. 속상하고 슬픈 일이 있어도 일할 때만큼은 기분 좋게 웃는 얼굴로 일을 해야 한다. 예전에 회사를 다닐 때는 화가 나면 화를 내고, 누군가가 나를 공격하면 가만히 있지 않고 싸우는 게 부지기수였다. 그랬던 내가 감정을 숨기고 늘 웃으면서 근무를 하고 있다니 내 자신의 변화에 가끔씩 놀라기도 한다.

한 방송 프로그램에서 서비스직 종사자들의 현실을 다룬 '가면 뒤의 얼굴' 이라는 다큐멘터리가 방영된 적이 있다. 일면 '진상고객'들을 대하는 서비스직 종사자들의 이야기들을 다룬 다큐였는데 보면서 꽤 충격을 받았다.

서비스직에 근무하면서 늘 웃는 얼굴이어야 한다는 이유로 '입 꼬리 올리기' 수술을 받는 직원, 상담전화를 먼저 끊었다는 이유로 감봉에 처해지거나 해고를 당한 직원, 50대 마트 직원은 어린이들이나 앉는 생각하는 의자에 앉혀졌다. 불친절하다는 이유로. 그것도 직원들이 다 보는 복도에 말이다.

이 다큐를 보고 나서 많은 생각이 들었다. 마트나 백화점에 갔을 때 직원들에게 친절하게 대했는지, 화를 냈는지, 내가 던진 말이 그들에게 상처가 되지는 않았을지. 특히 전화 상담원들에게 다큐에 나온 진상 손님들처럼 대하진 않았을지 걱정이 되었다.

정태영 현대카드 사장은 트위터에 자신이 겪은 이야기를 올렸는데 읽고 나서 마음이 아팠다.

"며칠 전 비행기 안에서 있었던 일. 내가 커피를 쏟자 승무원이 급히 치워주면서 '죄송합니다.'란다. '커피 쏟은 건 전데요. 뭐가 죄송하세요?'라고 하자 승무원도 자기 말에 놀라는 표정. 평소 심리상태가 얼마나 위축돼 있으면."

부모님은 내 생각이 나서 서비스직에 근무하시는 분들께 일부러라도 친절하게 대한다고 하신다. 친구들 역시 그렇다. 서비스직에 근무하는 사람들은 함부로 대해도 되는 사람이 아니라는 것만 기억해주면 좋겠다. 그들은 누군가에게 사랑하는 어머니이고 존경받는 아버지이며, 눈에 넣어도 아프지 않은 자식들이기 때문이다.

4장

서른,
환승역입니다

아무것도
미루지 마세요

내일, 다음주, 다음달, 내년.

이런 식의 핑계로 미루어버린 것들이 얼마나 많은지 생각해보자.

"운동을 다녀야 하는데, 이번 주는 비가 오니까 다음 주부터 해야겠다."

"영어학원에 등록해야 하는데, 이번 달에는 바쁘니까 다음 달부터 등록해야겠다."

뭐뭐 하니까, 뭐뭐 때문에, 다음에 다음에…. 하지 못할 이유를 대라면 한도 끝도 없이 댈 수 있을 만큼, 미룰 수 있는 변명거리도 많다. 그렇게 미루다 보면 연말이 되었을 때 일 년 동안 제대로 한 것이 아무것도 없다는 것을 깨닫게 된다. 분명 연초에 '올해의 할 일'을 야심차게 적었지만 연말에 다시 보면 "내가 이런 것도 적었어?" 하고 놀라는 것도 이 때문이다.

내가 가장 자랑하고 싶은 장점은 '실행력'이 좋다는 것이다. 하고 싶은 것이 있거나 먹고 싶은 것, 배우고 싶은 것이 있으면 우선 도전하고 본다. 지금까지 수료한 교육들이나 취득한 자격증들은 크고 작은 비용이 들었지만 모두 다 나에게 피가 되고 살이 된 경험이다.

집 근처 대학에서 수업을 들었던 '한자 자격증'은 나중에 중국어과에 편입해서 수업을 들을 때 요긴하게 쓰였다. 그 밖에 회사에 다니면서 틈틈이 준비한 '아동요리 지도사 자격증'과 '국외여행 인솔자 자격증'은 은퇴 후 미래를 준비할 수 있는 든든한 준비물로 남아 있다.

그 중 회사를 다니면서 취득했던 '사회복지사' 자격증은 내 인생의 최종 목표를 위해 꼭 필요한 것이었다. 내 인생의 위시리스트 중 하나가 '꿈을 키워주는 신나는 문화 공간 만들기'이다. 남녀노소 누구나 할 거 없이 이곳에 와서 꿈을 키우고 행복한 인생을 살 수 있도록 만들고 싶다. 그러기 위해서 자격증 준비를 하게 된 것이다.

자격증을 취득하기 위해서는 이론 수업을 모두 이수하고 120시간의 현장실습을 해야 하는 번거로움이 있었다. 회사원이었던 나는 주말을 이용해서 실습을 했다. 하지만 직장인이 황금 같은 주말을 반납하고 아침 9시부터 오후 6시까지 주말마다 실습에 참여한다는 것은 여간 힘든 일이 아니었다. 나에게는 일주일이 월화수목금금금이었고, 주말 아침에 눈을 뜨면 실습을 다음으로 미루고 싶은 마음이 굴뚝같았다.

'오늘만 나가고 다음으로 미룰까?'

잔뜩 피곤한 몸을 이끌고 억지로 복지관에 가면 나를 일주일 동안 기다린 아이들이 있었다. 대부분 한 부모 가정이거나 불우한 환경에서 자란 아이들이어서 조금만 관심을 보이면 온 마음을 다해서 정을 쏟아주었다. 처음과 다르게 시간이 지나면서 꿈을 찾아가는 아이들의 맑은 눈빛을 보며 다시 마음을 다잡았다.

'이런 아이들에게 희망이 되어주고 싶어서 시작한 거잖아. 끝까지 최선을 다하자.'

마지막 실습 날 아이들에게 그들의 꿈이 적힌 수첩을 나눠주면서 내 꿈에도 한 발짝 다가선 느낌이었다. 내 인생에서 겨우 3개월일뿐이었다. 그 짧은 시간에 비해 나는 너무나도 값진 것을 얻었다.

미룬다고 되는 것은 아무것도 없다. 스물여섯 살에 대학 편입과 이직 중에서 고민을 했고, 결국 일을 택해 3년 뒤인 스물아홉 살에 편입을 하게 되었다. 학교를 다시 간 것은 전혀 후회가 없지만, 한 살이라도 더 어릴 때 학교에 다녔더라면 어땠을까 하는 아쉬움은 남는다.

그 사이에 '나에게 더 많은 기회와 경험을 할 수 있지 않았을까?' 하는 생각도 든다. 원하는 것이 있다면 저질러 보는 것이 좋다. 나중에 '아, 그때 해볼 걸.' 하고 후회해봤자 시간을 되돌릴 수는 없다. 단지 아까운 나의 시간만 없어질 뿐이다.

공부만큼 미뤄서 좋지 않은 것은 바로 '여행'이다. 스물여섯 살 즈음부터 갑자기 흘러가는 시간이 무척이나 아깝게 느껴졌다. 그래서 일부러 화장을 하고 옷장에 있는 예쁜 옷을 꺼내 입고 가장 좋은 구두와 가방을 들고 시간이 나면 밖으로 나갔다. 조금이라도 예쁘고 젊을 때 여러 곳에 가고 싶었다. 하루 종일 회사에만 있다 보니 주말에는 집에만 있는 것이 아깝게 느껴졌다.

"여행은 나처럼 다리가 떨릴 때 떠나는 것이 아니고 가슴이 떨릴 때 떠나는 거야."라는 글귀를 어디선가 읽은 적이 있다. 그 글귀처럼 20대의 흘러가는 시간들이 아까워 일 년에 4번이나 해외여행을 다녀오기도 했다. 그만큼의 여행비용을 치렀지만 뒤돌아 봤을 때 가장 행복하고 가장 자유로웠던 내 모습을 볼 수 있었다.

"엄마는 언제 딸이랑 같이 유럽 여행 가볼까? 엄마 죽기 전에 가볼 수 있겠지?"

엄마의 위시 리스트 중에 하나가 '딸과 함께 유럽 여행하기'이다. 엄마는 덴마크와 스위스를 가고 싶다고 하신다. 기억해 보면 내가 20대 초반부터 늘 하시던 말씀이었다.

"다음에 나 쉬게 되면 가요."

"내년에 돈 생기면 가자 엄마."

어린 나이에 회사 생활을 한 이유도 있었지만, 시간이 없다는 핑계로 미루다 보니 벌써 서른이 되었고, 유럽에는 한 번도 가보지 못했다. 일주일 정도만 시간 내면 될 것을, 이런 저런 핑계로 엄마에게 희망 고문만 드린 거 같아서 죄송하다. 결혼 전 반드시 엄마가 원하는 '딸과 함께 유럽 여행하기'를 이루어드릴 생각이다.

사람은 누구나 아쉬움을 남기고 후회를 한다. 나만 그런 것이 아니라는 것을 알았으면 좋겠다. 주변 친구들은 내가 하고 싶은 대로 맘껏 하며 산다고 말하지만 나름의 고민이 있고 지나온 세월 중 발등을 찍고 싶을 만큼 후회스러운 순간들도 있다.

최근에 내가 미루지 않고 실행한 것이 있다면, 그건 바로 '책 쓰기'이다. 어렸을 때부터 책 읽기를 좋아하고 글짓기를 좋아했던 나는 작가라는 꿈을 가지고 있었다. 하지만 '일반 직장인이 쓴 글을 누가 재미있다고 읽어 주겠어?'라는 생각에 마음속으로만 꿈을 품고 있었다.

"20대는 20km, 30대는 30km로 달린데, 지금 엄마는 50km로 달리고 있어서 그런지 지나가는 시간이 정말 총알 같다."

엄마의 말을 듣고 보니, 일 년이라는 시간이 눈 깜짝할 새에 지나가버렸다는 것을 깨닫고 충격을 받았다. 그날 바로 '책을 써도 한 달이 지나고, 안 써도 한 달이 지난다면, 초라한 내용이라도 일단 써보자.'라는 생각이 들어서 하루에 조금씩 그 날 있었던 일과 지나온 나의 경험과 생각들을 글로 써 내려갔다. 그리고 지금 이 책을 쓰고 있는 것이다.

'우물쭈물 하다가 내 이럴 줄 알았다.' 이것은 조지 버나드 쇼의 묘비명으로 드라마나 책에 자주 등장하는 말이다. 불확실한 미래가 두려워서 수많은 선택의 순간이 왔을 때 얼마나 자주 머뭇거리고 뒤로 미뤘었나? 미루다 보니 내게 다가온 기회도 알아보지 못하고 놓쳐버렸던 안타까운 순간들. 흔히 우스갯소리로 죽기 전에 사람들이 가장 많이 후회하는 세 가지가 있다고 한다.

더 베풀고 살 껄.
더 용서하고 살 껄.
더 재미있게 살 껄.

'껄껄껄!' 할아버지의 웃음소리가 아니다. 죽기 전에 이렇게 후회한들 무슨 소용이 있을까?

지금이라도 당장 하고 싶은 것이 있거나 해야 할 일이 있다면 미루지 말고 실행하자. 말로만 계획을 세우는 것은 허공에 대고 소리치는 것과 같다. 내 목만 아플 뿐이다. 하고자 하는 것이 있다면 계획을 세우고 바로 실천을 해야 한다.

시간은 누구에게나 똑같이 주어지고 그 시간을 어떻게 활용하느냐에 따라 그 사람의 미래가 달라진다. 미루지 않고 바로 실행한다는 것은 시간을 절약할 수 있을 뿐더러, 다양한 기회를 잡을 수 있다.

서른으로
산다는 것

이제 다 컸다고 생각했는데 아닌가 보다. 열다섯 살 때 서른이라는 나이의 내 모습은 너무나 멋져서 상상만으로도 황홀할 정도였다. 완벽한 어른의 모습을 한 서른의 나는 멋진 외적인 모습만큼 내면적으로도 성숙하고 존경받을 수 있는 사람이었다.

딱 그만큼의 나이를 더 먹고 서른이 된 나를 보니, 내 상상과는 전혀 다른 모습의 사람이었다. 나는 여전히 어리바리하고, 인내심도 적고, 질투심도 많고, 충동을 제어할 능력도 부족하다.

서른이 되면 우리나라 역사는 물론이고 국제 정세에 대해 해박한 지식을 가질 수 있을 거라 생각했다. 하지만 현실은 정도전 드라마를 보면서 아빠에게 등장인물마다 누가 누군지, 이방원과 태조는 왜 저렇게 서로 으르렁대는지 물어보기 일쑤였다. 아직도 경제 뉴스는 중국어 원서보다도 어렵게 느껴진다.

"언제 이렇게 컸어? 엄마 품안에 쏙 들어와서 젖 먹던 애기가."

엄마는 서른이 넘은 딸을 자주 꼭 안아주신다. 그러고는 이 말을 하신다. 내가 자란만큼 엄마의 주름살도 생겼고 아빠의 흰머리도 늘었다. 30년의 세월 동안 엄마 아빠는 나와 오빠를 위해서 이 험한 세상을 열심히 사셨겠지.

엄마와 아빠는 나보다 어린 나이에 결혼을 하셨다. 엄마는 스물넷에, 아빠는 스물일곱에. 지금의 나이와 그 시절의 나이는 많은 차이가 있지만, 생각해보면 내가 스물네 살일 때 엄마가 결혼을 하고 스물여섯 살에 나를 낳으신 것이다. 엄마가 지금 내 나이인 서른일 때 나는 다섯 살이었다. 엄마 아빠의 30~40대는 나와 오빠를 키우느라 다 보내셨을 터이다. 그 오랜 시간을 자식 걱정으로 보내셨을 생각을 하면 이 세상의 모든 부모님은 정말 위대하시다는 걸 깨닫게 된다.

같이 일했던 S트레인 동기 중에 스물두 살의 어린 동생이 한 명 있다. 부산 사투리를 쓰는 모습이 어찌나 귀엽던지 동생 말투를 따라한 적이 많았다.

"지원아, 아직 나이도 어린데 더 공부하지 왜 이렇게 일찍 취업했어?"

나의 예전 모습이 떠올라서 혹시나 하는 마음에 물어봤다.

"저도 그러고 싶은데, 나중에 취업 안 될까봐 불안해서 일찍 취업했어요."

지원이의 대답에 지금 어린 대학생들의 마음을 대변하는 것 같아서 가슴이 찡했다.

"나중에 혹시라도 후회할 수도 있어. 하고 싶은 거 있으면 해."

이렇게 말하면서 나의 스물두 살이 떠올랐다. 내가 지원이 나이일 때

좋아하고 따랐던 선배 언니의 말을 나도 똑같이 하고 있다는 사실에 놀랐다.

'그때 언니의 마음이 이런 거였구나.'

시간이 많이 흘렀지만 그 나이에 맞게 느끼는 감정이나 생각은 같나 보다.

'점점 더 멀어져 간다. 머물러 있는 청춘인 줄 알았는데, 비어가는 내 가슴 속엔 더 아무것도 찾을 수 없네. 계절은 다시 돌아오지만 떠나간 내 사랑은 어디에. 내가 떠나보낸 것도 아닌데 내가 떠나온 것도 아닌데.'

서른을 코앞에 둔 나이에 학교를 오고 가면서 김광석씨의 '서른 즈음에'를 자주 들었다. 가사가 어쩜 이렇게 주옥같은지. 서른 즈음이 되니 노래 가사가 가슴을 찌르는 기분이었다. 제목도 '서른에' 나 '서른이 되어서' 도 아닌 '즈음에' 라는 단어가 참 마음에 들었다.

누구나 거쳐 가는 서른 살을 나도 겪었다. 스무 살의 시작은 수능 실패로 십년간 마음에 응어리를 지었지만, 두 곳의 대기업을 다니며 커리어 우먼의 삶을 살아보기도 했다. 서른 살의 시작은 중국에서 공부를 하며 보냈고, 그 다음엔 생각지도 못한 부산에 직장을 잡게 되었다.

20대에는 우리 집에서 멀리 떨어져 사는 건 상상도 못했는데, 서른이 시작되고 일 년 여를 집 밖에서 보냈다. 나쁘지 않은 시작이었다. 다람쥐 쳇바퀴 도는 하루를 살았던 지난날보다 매일이 다채로웠고 아침마다 늘 기대가 되었기 때문이다.

서점에는 '서른' 이라는 주제로 다양한 자기계발서들이 쌓여 있다. 이십대 후반부터 그 책들을 읽으면서 처음 경험해보는 서른을 미리 준비하고 싶었다. 스무 살과는 다르게 느껴지는 '서른 살' 이라는 말은 뭔지 모르게 크고 무겁게 느껴졌다. 계속해서 일을 했으면 대리 직급을 바라보는 직장인이 되었을 것이고, 만약 결혼을 앞두고 있다면 새로운 가정을 이루겠지만, 나는 이도저도 아닌 대학생이 된다는 것에 대한 걱정도 컸다.

책을 읽으면서 이런 고민들을 나만 하는 것은 아니라는 생각에 위로가 되기도 했지만 완전한 해결책을 줄 수는 없었다. 중국에서 서른의 절반을 보내며 새로운 인생의 시작이라는 설렘과 미래에 대한 알 수 없는 두려움이 한데 뒤엉켜서 매일 밤 쉽게 잠을 이룰 수가 없었다. 그게 바로 서른이었나 보다.

어린 동생들은 미래에 대한 두려움이 있어도 당장 현실에 아무 일도 일어나지 않으니 친구들과 어울려서 놀거나 별 걱정을 하지 않았다. 하지만 나는 냉혹한 현실을 봐왔기 때문에 마냥 손 놓고 있을 수가 없었다. 이제 배움에 대한 한을 풀었으니 내가 잘 할 수 있고 즐겁게 일할 직업을 찾아야 했다.

서른이 될 예정이거나, 서른이거나, 서른을 이미 훌쩍 넘긴 분들은 알 것이다. 옆에서 아무리 조언을 해줘도 서른에 느끼는 모든 것들은 본인 자신만 안다. 대한민국에서 서른으로 산다는 것은 이제 많이 달라졌다. 예전에는 대부분 결혼을 하거나 본인의 직업을 가지고 살아가는 나이였지만, 이제는 그것들이 너무나 어려워진 나이이다. 계속 학생이거나,

취업준비생이거나, 공무원 준비생일 수도 있다. 그로 인해 결혼도 늦어지고 있다.

인터넷 유머 게시판에서 흥미로운 글을 읽었다. 어떤 명언이라도 뒤에 '30세, 무직'이라는 말을 붙이면 그 명언은 더 이상 명언이 아니게 된다고. 어떤 명언은 허탈해지기까지 한다.

"내 사전엔 불가능이란 단어는 없다." 나폴레옹 (30세, 무직)
"오늘 할 일을 내일로 미루지 마라" 벤자민 프랭클린 (30세, 무직)
"한국의 아이들은 지금 이 시간에 놀지 않습니다. 그들은 열심히 공부중입니다." 버락 오바마 (30세, 무직)

어떤가? 고개를 끄덕이다가도 뒤에 '30세, 무직'이 적혀 있으니 힘이 빠지지 않는가? 30세 무직은 아무리 훌륭한 말을 해도 비웃음거리가 되고, 남에게 조언조차 할 수 없는 무능력한 사람이 되어 버린다는 내용의 글.

나도 30세 무직이었기 때문에 이 글을 읽고 마음이 불편했고 부끄러웠다. 취업에 대해 조언을 구하는 동생들이 뒤에서는 나를 이렇게 평가할 것만 같아서 두려웠다. 하지만 두려움 속에서도 마음속에는 확신이 있었다. 지금은 초라해 보일지 몰라도 분명 내 진가를 알아봐줄 좋은 곳이 나타날 거라고. 그리고 그 생각은 틀리지 않았다.

20대의 나는 내 인생을 위해서 열심히 살았다고 자부한다. 다니던 회사도 그만두고 아무것도 없는 서른 살의 무직이었지만 나의 열정과 노력은 배신하지 않을 것이라고 믿고 또 믿었다.

유난히 서른이라는 나이에 들어서면 사람들은 우울해 하고 혼란스러워 한다. 그만큼 인생에서 가장 중요한 시기라는 점을 알았으면 좋겠다. 오히려 기쁜 마음으로 서른을 받아들였으면 하는 바람이다.

인생의 중반기를 위한 초석을 다져야 하는 나이가 서른이다. 20대에 겪었던 실수들을 다시 하지 않도록 지나온 삶을 재점검 해보고 앞으로 내가 살아가야 할 인생을 계획하는 나이인 셈이다.

지금까지 여러 번 실패했어도 괜찮다. 우리에게는 서른이라는 또 다른 기회가 주어졌다. 서른은 인생의 터닝 포인트라고 생각하자.

어떤 일이
일어나든 상관없다

내 왼쪽 눈의 시력은 좋지 않다. 스물세 살의 초겨울 어느 날. 자고 일어나 눈을 떴는데 무언가 이상한 점을 발견했다. 천장 벽지에 있는 꽃무늬가 일그러져 보이는 것이다. 눈을 비비고 다시 봐도 꽃무늬가 흐릿하게 보였다.

'자다가 눈 쪽이 눌렸나. 이상하네.'

손으로 양쪽 눈을 번갈아 가려보면서 벽지를 다시 보니 오른쪽 눈은 괜찮은데 왼쪽 눈에 문제가 있었다. 시간이 지나면 괜찮을 거라 생각하고 하루를 보냈는데 저녁까지 나아지지가 않는 것이다.

'피곤해서 그런가? 내일은 괜찮아질 거야.'

그때까지는 대수롭지 않게 생각하고 잠이 들었다. 다음날 일어나서 눈을 뜨고 전날 본 벽지의 무늬를 다시 쳐다봤는데 역시나 그대로 흐릿하게 보였다.

덜컥 겁이 나서 회사에 양해를 구하고 바로 큰 병원으로 달려갔다.

"무슨 일로 오셨나요?"

"제가 자다 일어나니까 갑자기 왼쪽 눈이 흐릿하게 보이네요. 아니, 흐릿한 게 아니라. 아, 어떻게 설명을 해야 하지…"

왼쪽 눈의 증상을 정확하게 설명할 수가 없었다. 전체적으로 다 안 보이는 게 아니고 내가 보려고 하는 곳의 가운데 부분이 보이지 않았다. 간호사에게 설명을 했지만 잘 알아듣지 못해서 우선 시력검사를 하고 의사 선생님한테 진찰을 받았다. 선생님은 밝은 빛을 내 눈에 비추며 한참 들여다보고는 고개를 갸웃거리며 말씀하셨다.

"사진기라고 치면 필름에 해당하는 부분이 물에 빠진듯해요. 그래서 시력 변짐이 생기는 거 같고요."

의사 선생님은 원인이 없는 증상이라면서 '시신경 염'이라고 결론을 내리셨다. 혹시 신체의 다른 부위에 이상이 생길 수도 있으니 정밀검사를 권하셨다.

당장 입원을 하고 MRI 검사와 골수 검사까지 했다. 골수 검사는 척추에 주사기를 꽂아 채취하는 것으로 보호자의 동의가 필요했다. 부모님은 걱정이 되셨지만 동의하셨고 마취 없이 척추에 바늘을 꽂아 골수 검사를 했다. 두렵고 무서운 시간들이 지나 검사 결과가 나왔고 다행히 모두 정상이었다. 하지만 왼쪽 시력이 회복되지 않는다는 점이 문제였다.

"혹시라도 시력이 회복되지 않을 수도 있습니다. 시력이 떨어지지 않도록 컴퓨터 사용은 자제해 주세요."

의사 선생님의 말씀을 듣고 난감해졌다.

'회사원이 컴퓨터를 사용 못하면 어쩌나? 그만둬야 하나?'

회사에 병가를 내고 몇 주간 일을 쉬면서 고민했다. 유일한 치료방법은 스테로이드제를 복용하는 것이었는데, 살이 찌거나 피부에 트러블이 나는 부작용이 있어서 복용하기가 꺼려졌다.

약을 복용하면서 점차 빛 번짐이 심하지 않았지만 완전하게 회복되지는 않았다. 처음보다는 많이 호전되어서 회사에 복귀해서 근무하는데 큰 무리가 없을 정도였다. 하지만 컴퓨터를 장시간 보거나 피곤할 때 눈앞에 빛이 번쩍 하는 느낌이 들기도 했다. 양쪽 눈에 초점이 맞지가 않아서 계단을 올라가거나 물건을 잡을 때 가끔씩 헛손질을 할 때도 있지만 일상생활을 하는데 큰 무리는 없어서 지금까지 오른쪽 눈에 의지하며 잘 지내왔다.

왼쪽 눈이 안 좋아지고 내 삶에서 제한적인 부분이 많아졌다. 여행 가는 것이 너무 좋아서 한때 비행기 승무원에 관심을 가졌다가 시력을 중요하게 본다는 것을 알고 포기한 적도 있다. 아빠는 내가 아빠와 같은 경찰 공무원이 되길 바라셨지만 경찰 역시 자격조건에 시력이 나와 있다.

왼쪽 눈의 가운데 부분만 번짐이 있는 것이라 잘 보이지 않는 시력에 대해 딱히 설명할 길이 없다. '사람의 몸 중에 눈이 팔 할'이라는 말이 있듯이 눈은 정말 중요하다. 이 아름다운 세상을 보지 못한다는 건 정말 가슴 아픈 일일 것이다.

병원에 입원해서 아픈 사람들을 보며 '만약 내가 시력을 잃게 된다면 어쩌지? 아직 보지 못한 곳들이 많은데…' 라는 생각이 들며 조금이라도 건강할 때 남을 돕는 인생을 살고 싶다는 생각을 했다. 그래서 회사를 다니며 시각장애인용 도서음성녹음 자원봉사와 10대 청소년들의 고민과 꿈을 들어주는 꿈 멘토 활동을 시작했다.

내가 맡은 친구는 메이크업 아티스트가 되고 싶어 하는 15살의 여중생이었다. 함께 유명 메이크업 아티스트 분들을 만나 이야기도 듣고 사진도 함께 찍으면서 꿈을 이루기 위한 목표를 세웠고 꿈 일기를 적으면서 구체적인 계획도 세웠다.

눈이 불편하고 나니 삶을 바라보는 시각도 달라졌다. 당장 내일 죽더라도 후회 없는 인생을 살아야겠다는 다짐을 하고 우선 내 곁에 있는 사람들에게 먼저 고맙다는 인사부터 나눴다. 그리고 하루하루 해야 할 일들과 하고 싶은 일들을 체크했다.

'왜 나한테 이런 일이 생겨서 날 힘들게 하는 거야!'

처음에는 속으로 많이 원망도 하고 울기도 했다. 하지만 그런다고 달라지는 건 없었다. 눈의 건강을 위해서 멀리 보는 습관을 가지고 쉬는 날에는 푸른 나무를 보러 산으로 가거나 눈에 좋다는 영양제를 먹으며 최대한 눈에 피로가 가지 않도록 노력했다. 현재는 많이 좋아져서 시간이 좀 걸리지만 집중해서 보면 물체를 구분해 낼 수 있다.

아빠는 늘 나에게 말씀하셨다.

"사람 일이란 아무도 모르는 거란다. 내가 당장 죽을 수도 있고, 사고로 장애를 입을 수도 있지. 무슨 일이 일어나도 아무렇지 않으려면 항상 감사하며 살아야 해."

20대 초반의 나이에 원인도 모르게 갑자기 시력이 나빠졌다. 좌절도 하고 원망도 했지만 극복하려 노력했고, 지금은 하고 싶은 일을 하는 것에 매일 감사하며 살고 있다. 시각장애인들의 불편함을 조금이라도 느끼고 그들을 위해 봉사를 함으로 내가 누군가에게 쓸모 있는 사람이 될수 있다는 사실에 기뻤고 희망을 가질 수 있었다.

'내가 녹음한 책을 듣고 마치 보이는 것처럼 생생히 느껴지게 녹음하자!'

낭독 봉사를 하면서 마음속으로 늘 이렇게 다짐한다. 그러기 위해서 책에서 강조할 부분과 실감나는 대화체를 연기하기 위해 틈날 때마다 연습한다. 눈이 보이지 않으면 어쩌나 전전긍긍해 하던 나에게 도서녹음 자원봉사는 새로운 삶을 살게 해주었다. 어쩌면 나도 녹음된 도서를 들어야 했을 수도 있었기 때문에 진심을 다해 녹음을 한다.

세상에는 신체의 불편함을 놀라운 정신력과 의지로 뛰어넘은 사람들이 참 많다. 그분들에 비하면 나의 노력은 미미하지만 내가 녹음한 도서를 많이 찾아주신다는 얘기를 듣고 누군가에게 도움이 될 수 있는 쓸모 있는 존재가 된다는 사실이 무척이나 기쁘고 행복하다.

"내가 가지지 못한 것보다 내가 가진 것에 집중하세요."

팔다리가 없어도 한계가 없다는 닉 부이치치의 말처럼 현재 내가 가진 것에 감사하고 그것을 장점으로 발전시키려 노력해야 한다.

눈이 좋지 않아 포기할 것이 늘어났지만 그로 인해 내 인생에 좀 더 집중할 수 있게 되었다. 겉으로 드러나는 아름다운 외모나 성공한 화려한 모습보다는 남에게 베풀고 내 자신이 행복한 삶을 사는 게 중요하다는 것을 깨달았다. 앞으로 어떤 일이 일어나도 나는 상관없다. 그 일이 나쁜 일이든 좋은 일이든 그 속에서 배울 수 있는 교훈이 있을 테니 말이다.

내 마음 사용법

　여기저기 부딪히고 깨지면서 20대를 보내고 나니 이제는 모든 일에 의연해진 나를 발견하게 된다. 그동안 도전도 해보고 실패도 해보고 좌절도 하면서 세상이 그리 호락호락하지 않다는 것과 노력한 만큼 결과가 따라주지 않는 경우도 있다는 것을 알게 되었다. 그 속에서 주저앉아 있는다고 나아지는 것도 없고, 내가 힘들다고 해서 세상이 알아주지 않는다는 것도 깨달았다. 그저 내 마음만 아플 뿐이었다.

　마음이라는 것이 다루기가 참 어려워서 조금만 속상한 일이 생겨도 비눗방울이 터져버리듯 잔잔한 마음이 요동을 친다. 한창 감수성이 예민한 십대에는 친구들 간에 말다툼이나 서운한 일이 생기면 밤새 눈이 퉁퉁 붓도록 울었다. 시간이 지나면서 터득한 건, 친구들에게 서운해 하지 않으려면 내가 할 수 있는 만큼 해주고 바로 잊는 것이다. 내가 준만큼 바라다보면 당연히 서운해진다.

　이십대의 대부분을 회사에서 보내면서 다양한 사람들을 겪고 나니 지금 승무하면서 승객들을 대하는데 많은 도움이 되고 있다. 하루는 기차에 할머니 한 분이 타셨다. 혼자서 기차여행을 가시는 것이 마음이 쓰여서 가는 도중 계속 말을 걸며 옆에서 도움을 드렸다. 관광이 끝나고 돌아가는 기차에서 할머니는 갑자기 쥐고 계시던 지팡이를 바닥에 내리치면서 소리치셨다.

"야 이 도둑년아! 내 자리 내놔!"

주변에 있던 승객들 모두 놀라서 나와 할머니를 번갈아 쳐다봤다. 오전에 본 할머니의 모습과는 많이 달라서 나도 의아했는데 가만히 보니 할머니는 치매가 조금 있었던 모양이다.

"내 자리 내 놓으라고 이 도둑년아! 얼른 내놔!"

계속해서 소리치시는 모습이 안쓰러워서 할머니 주머니에 손을 넣어 기차표를 꺼내 드렸다.

"할머니, 이쪽으로 오세요. 할머니 자리 아무도 안 가져갔어요. 걱정마세요."

기차표를 보고는 조용해지신 할머니의 팔을 잡고 자리로 안내해 드렸다. 머릿속에 지우개가 있는 할머니께 계속 말도 걸어 드리고 사탕도 가져다 드렸다. 치매라는 병은 왜 있는 건지 정말 안타까웠다.

할머니가 나에게 했던 말은 어떻게 생각하면 기분 나쁘게 들릴 수도 있었지만 온전한 정신으로 하신 말씀이 아니라서 화가 나기보다 오히려 할머니의 상황이 안쓰럽게 느껴졌다.

사람들이 아무 생각 없이 내뱉은 말에 일일이 신경 쓰고 대응할 필요가 없다. 누군가가 나에게 악의를 가지고 말했다 하더라도 나만 아니면 그만인 것이다. 물론 내 앞에 대고 욕설을 하거나 비웃는다면 참기 힘들 겠지만, 그럴 때는 '아, 이 사람이 지금 제정신이 아니구나.'라고 생각하면 된다. 제정신이 아닌 사람이 나에게 나쁜 말을 한다고 해서 그걸 진심으로 받아들일 사람은 없으니 말이다.

말에 대한 마음의 상처를 잘 넘길 수 있는 법을 알려준 장경동 목사의 인터뷰가 있다. 결혼 초, 수입이 적어 고생했던 옛 시절을 회상하며 한 말이다.

"주인집이 김장하는 걸 도와줬어요. 집사람이 도와주니까 배추 겉잎을 벗길 것 아니요. 아 근데 속으로 그 겉잎을 주워오려고 한 거예요. 왜냐하면 그걸로 겉절이도 해 먹고 시래기라도 해 먹으려고. 그런데 주인은 모르지. 무심코 내뱉은 말이 '뭐 하려고 그래요? 돼지 주려고 그래?' 그랬네. 그 놈 주워다가 좀 먹으려고 했더니. 주인은 그렇게 얘기하고도 생각을 못하겠죠. 그냥 흘린 말이니까. 그때 깨달은 게 나는 생각 없이 내뱉은 말이 상대편 가슴에는 평생 못을 박을 수 있구나.

그런 의도는 아니지만, 그게 첫 번째 깨달은 거였고, 두 번째 깨달은 게 더 중요한 건데, 그래 상대편이 그런 의도로 해도 상처받으면 안 되는데, 생각도 없이 한 말에 내가 상처받고 살 필요가 없다. 상처를 주려고 해도 받으면 안 되는데, 그런 의도도 없는데 내가 상처받을 필요가 없다.

더 중요한 것이 세 번째인데, 그때 그 이야기를 집사람이 그때 얘기했으면, 다 그만두고 돈 벌었을 거예요. 그런데 그때는 아무 얘기 안 하다가 먹고 살만하니까 그 얘기를 하는 거예요. 같은 말이라도 고생할 때

하는 말은 아픔이 되는데 지나간 다음에 하는 말은 추억이 되더라고요. 그래서 말은 참 조심해야겠다. 말로 상처받을 필요 없구나. 말이라는 게 때가 있구나, 그걸 내가 그때 깨달았어요."

위 이야기에서 알 수 있듯이 말로 인해서 받는 마음의 상처가 가장 크다. 하지만 내가 어떻게 받아들이느냐에 따라 상처가 될 수도 있고 허허 웃어넘길 실소리가 될 수도 있다. 지난 시간들을 되돌아보면, 나는 얼마나 많은 사람들에게 나쁜 말들을 해서 그들의 마음을 아프게 했을지, 생각만 해도 자다가 벌떡 일어날 만큼 죄송해진다.

요즘에는 최대한 말을 아끼려고 노력한다. 예전에는 내 마음이 다치는 게 무서워서 먼저 상대방을 공격한 적도 있고, 일부러 우습게 보이지 않기 위해서 기 싸움을 했던 적도 많다. 지금 와서 돌이켜 보니, 이 얼마나 부질없고 어리석은 짓이란 말인가? 내 마음이 소중한 만큼 상대방의 마음도 중요한 것인데 말이다.

운동을 하면 근육이 붙고 무엇인가 습관을 들이면 내 생활의 일부가 되듯이, 마음이라는 것도 연습을 통해서 단단하게 만들 수 있다. 아래는 내가 실천하고 있는 마음 훈련법이다.

첫째, 부정적인 말을 하는 사람이라면 과감히 잘라 버린다

인생은 짧다. 그리고 아름답다. 내 소중한 인생에 쓸데없이 싫은 소리만 하는 사람이 있다면 멀리하자. 좋은 것, 아름다운 말, 사랑 표현만 하고 살아도 모자라다.

둘째, 감사노트 쓰기

사람은 백 번 나에게 잘해준 것보다 한 번 못해준 것이 더 마음에 오래 남는다. 누군가에게 조금이라도 감사했던 점이 있다면 적어 두자. 한 번의 실수로 소중한 인연을 놓치는 우를 범하지 않도록.

셋째, 불만 노트 쓰기

서운했던 것, 화가 났던 것이 있다면 얼굴에 대고 바로 말하는 것보다 노트에 먼저 써보자. 순간의 욱함을 참지 못해서 화를 내면 막말을 하게 된다. 시간이 지나고 노트에 적은 글을 읽어 보면 화를 내지 않은 것이 천만 다행이라는 것을 느낄 수도 있다.

넷째, 내 마음에 말 걸기

아무리 바빠도 매일 십분 정도는 조용한 곳에서 나 자신과의 대화를 해보자. 그리고 가끔은 깊이 생각해 보자. 분명 나조차도 외면하고 있는 나의 아픔이 있을 것이다. 꺼내서 어루만져 주고 대화도 해보면서 나 자신을 위로해줄 필요가 있다.

다섯째, 표현하기

고마우면 고맙다고, 싫으면 싫다고 내 의사를 정확하게 표현하자. 남이 내 표현에 대해 상처 받을까봐 두려워하지 않아도 된다. 오히려 우유부단한 결정으로 나중에 수습하지 못하는 것보다 낫다. 표현하지 않고 마음에 담아두면 병이 된다. 내 마음이다. 말하고 표현하자.

'인생은 마음먹기에 달렸다.'

정말 지겹도록 많이 들었던 말이다. 아무리 좋은 약이라도 제대로 쓰지 못하면 무슨 소용이 있을까? 서른에 가까워지고 나서야 내 마음에 귀를 기울이고 대화를 많이 하려고 매일 노력한다. 내 마음인데도 이렇게 오랜 시간 사용할 줄 몰랐다니! 앞으로 연습을 통해서 좀 더 제대로 내 마음을 사용하고 싶다.

소소한 행복을
잊지 마세요

질문을 하나 해본다. 한 개의 행운과 백 개의 행복 중 어떤 것을 선택할 것인가? 나 자신에게 한번 물어보자.

우리나라 사람들은 '빨리 빨리 병'에 걸렸다고 해도 과언이 아니다. 남들보다 좀 더 빨리 성공하길 원하고 일도, 사랑도, 우정도 빨리 매듭짓길 원한다. 우리나라가 전쟁 후 50년 만에 급성장을 한 원인도 있을 것이고, 가슴 아픈 역사를 많이 가지고 있는 탓에 앞서 가지 않으면 도태된다는 생각도 한 몫 하는 것 같다.

20대 중반에 만났던 남자친구는 늘 바빴다. 연애 초반에는 여느 커플들처럼 매일 집에 데려다 주거나 회사가 끝나면 회사 앞에서 기다렸다가 깜짝 선물을 주기도 하면서 나를 공주님처럼 대해주었다. 그러나 한두 달이 지나자 본인의 일과 학업이 바빠지면서 점점 만나는 횟수가 적어지고 연락하는 시간도 줄어들었다.

여행 가기를 좋아하고 여러 여가생활을 하는 나와 그 친구는 성격이 조금 달랐다. 처음에는 열심히 하는 모습이 좋아 보였지만 시간이 지나면서 점점 지쳐갔다. 나는 현재 내가 행복한 것이 중요한 사람이었고, 그 친구는 오늘의 즐거움을 다음으로 미루는 사람이었다. 매일이 싸움의 연속이었다.

하루는 꽃놀이를 가고 싶어서 조심스레 시간을 물어봤지만 돌아오는 대답은 "NO!"였다.

"내가 지금 할 일이 얼마나 많은데 한가롭게 꽃 볼 시간이 어디 있니? 제발 날 좀 이해해줘. 1년 뒤에 근사하게 꽃구경 시켜줄게. 조금만 더 참아줘."

그 뒤로 스키장이 가고 싶고, 기차여행도 가고 싶었지만 말도 못 꺼내보고 포기하게 되었다. 친구들과의 모임이나 여행 가기가 괜히 눈치 보였다.

"다음이 어디 있어? 오늘이 중요한 거지!"

그동안 내가 친구들에게 자주 했던 말이다. 미래를 위해서 소중한 오늘을 포기해야만 하는 걸까? 미래를 위해 열심히 살았지만 내가 원하는 대로 되지 않았을 때의 좌절감은 어떻게 감당해야 하는 걸까? 순간 많은 생각이 들면서 지금 당장 나에게 주어진 하루하루가 소중하게 느껴졌다.

문화부장관을 지낸 김한길 의원이 쓴 에세이 《눈뜨면 없어라》에는 이런 내 상황과 비슷한 내용이 나온다.

결혼생활 5년 동안 우리가 함께 지낸 시간은 그 절반쯤이었을 것이다. 그 절반의 절반 이상의 밤을 나나 그녀 가운데 하나 혹은 둘 다 밤을 새워 일하거나 공부해야 했다. 우리는 성공을 위해서 참으로 열심히 살았다. 모든 기쁨과 쾌락을 일단 유보해 두고, 그것들은 나중에 더 크게 왕창 한꺼번에 누리기로 하고, 우리는 주말여행이나 영화구경이나 댄스파티나 쇼핑이나 피크닉을 극도로 절제했다. 그 즈음의 그녀가 간혹 내게 말했었다.

"당신은 마치 행복해질까봐 겁내는 사람 같아요." 그녀는 또 이렇게 말하기도 했다.

"다섯 살 때였나 봐요. 어느 날 동네에서 놀고 있는데 피아노를 실은 트럭이 와서 우리 집 앞에 서는 거예요. 난 지금도 그때의 흥분을 잊을 수가 없어요. 우리 아빠가 바로 그 시절을 놓치고 몇 년 뒤에 피아노 백 대를 사줬다고 해도 내게 그런 감격을 느끼게 만들지는 못했을 거예요."

서울의 어머니는 어머니대로 내게 이런 편지를 보내시곤 했다.

"한길아, 어떤 때의 시련은 큰 그릇을 만들어내기도 하지만, 대개의 경우 시련이란 보통의 그릇을 찌그러뜨려 놓기가 일쑤란다."

애니웨이, 미국생활 5년 만에 그녀는 변호사가 되었고, 나는 신문사의 지사장이 되었다. 현재의 교포사회에서는 젊은 부부의 성공사례로 일컬어지기도 했다. 방 하나짜리 셋집에서 벗어나, 바다가 내려다보이는 언덕 위에 3층짜리 새 집을 지어 이사한 한 달 뒤에, 그녀와 나는 결혼생활의 실패를 공식적으로 인정해야만 했다. 바꾸어 말하자면, 이혼에 성공했다. 그때그때의 작은 기쁨과 값싼 행복을 무시해버린 대가로.

미래를 위해 현재의 작은 행복을 포기했던 그 친구에게는 나름의 사정이 있었을 것이다. 그저 내가 원했던 것은 멀리 있는 미래의 찬란한 성공이 아니라, 기분 좋은 오늘 하루였다. 결국 서로가 추구하는 이상이 달랐던 우리는 각자의 길을 가게 되었다. 그 친구는 아마 오늘도 미래를 위해 열심히 살고 있을 것이다.

오늘을 어떻게 살았느냐에 따라 미래가 달라진다고들 하지만 앞만 보고 달리느라 길가에 핀 예쁜 코스모스와 파란 하늘에 떠다니는 구름, 내 옆에서 웃어주는 가족을 보지 못한다면 미래의 성공이 다 무슨 소용이 있겠는가?

"인생은 모두가 함께하는 시간여행이다. 매일매일 사는 동안 우리가 할 수 있는 최선을 다해 이 멋진 여행을 만끽하는 것이다. 매일매일 열심히 사는 것, 마치 그 날이 내 특별한 삶의 마지막 날인 듯이."

영화《어바웃 타임》마지막 부분에서 나오는 대사다. 오늘 하루는 신이 나에게 준 축복이고 선물이다. 모두들 바쁘게 일하지만 돈은 모이지 않고, 즐겁게 살고 싶지만 우울한 소식들이 들려오고, 웃으며 지내고 싶지만 힘이 들어서 기운이 나지 않는다. 나 역시 그렇다. 그래도 하루 중에 딱 한번이라도 즐거운 순간이 있지 않을까? 나는 일부러라도 일상 속에서 기분 좋아지는 요소를 찾아내려고 노력한다.

아침 일찍 출근하는 나를 위해 따뜻하게 끓인 보리차와 맛있는 도시락을 준비해 놓으신 우리 엄마.

© 사진작가 김범용

출근길 버스를 놓칠 새라 뛰어가는 나에게 천천히 오라고 손짓하며 기다려 주시는 버스기사 아저씨.

아침 일찍 문을 열고 출근하는 사람들에게 고소한 빵 냄새를 풍기는 빵집.

혹여나 끼니 거르고 근무하는 줄 아시고 손에 김밥을 꼭 쥐어주시는 어머니 승객.

손등에 그림 그려줘서 고맙다고 엽서에 내 모습을 그려주는 꼬마 승객.

마주보는 기차에서 우리를 향해 손을 흔들어 주시는 승객들의 미소.

읽고 싶었던 책을 읽고 감동받아 잠 못 이루는 시간.

퇴근 후 시원한 생맥주와 골뱅이를 앞에 두고 20년 지기 친구들과의 수다 삼매경.

멀리 미국에 살고 있는 중학교 동창의 반가운 SNS 메시지.

특별한 것은 없다. 하루 중 무심하면서 짧은 이 순간들이 나를 진심으로 행복하게 만든다. 시간에 쫓겨 일상의 작은 행복을 포기하지 말았으면 한다.

조금 늦게 가도
괜찮아!

한 다큐 프로그램에서 취업을 준비하는 젊은 대학생들의 모습을 취재한 적이 있다. 서울 상위권 대학교 학생들이 호프집에 모여서 대화를 나누고 있는데 한 여학생이 정장에 구두를 신고 들어왔다. 회사 면접에 다녀오는 길이라고 했다. 제작진이 면접 잘 봤냐고 질문을 하자 여학생은 겸연쩍게 웃어 보였다.

이윽고 기운 없는 목소리로 면접장 분위기를 설명해 주었는데, 나중에는 눈물을 글썽거리기까지 했다. 얘기를 들어보니, 면접장 안에는 자신과 비슷한 또래의 대학생들이 있었는데 모두 하나같이 잔뜩 긴장을 했다고 한다. 그때 옆에 앉은 남자 면접자가 대답을 하다가 실수를 해서 버벅거렸고, 나중에는 대답을 마치지 못해 고개까지 떨어뜨렸다고 했다. 여기까지 얘기를 하던 여학생은 쉽게 말을 잇지 못했다.

"그렇게 옆에서 실수를 하자 너무 안심이 되는 거예요. '내가 애는 이길 수 있겠다.'라는 생각이 들었는데, 순간 그런 생각을 한 내가 너무 무섭고 속상했어요. 어쩌다 보니 친구들을 밟고 올라서야만 하는 현실이 되어버려서….”

취업대란. 건국 이래 가장 찬바람이 부는 취업시장에서 20대 젊은이들의 마음은 더욱 작아지고 메말라 가고 있다. 회사를 다니다가 서른이라는 나이를 앞두고 대학에 다시 간다고 했을 때 그런 나를 보는 주위의 시선들은 반반이었다. 한쪽은 대단하다고 칭찬해 주었고 다른 한쪽은 철없는 행동으로 치부하며 한심해 하는 눈빛을 보내기도 했다.

“그 나이에 다시 학교에 간다고 해도 인생이 달라지진 않아. 꿈 깨.”
“등록금 낼 돈 있으면 해외여행 한번 하고 말겠다.”
“졸업하면 서른한 살이야. 미쳤어?”

이런 얘기를 들으면서 아무렇지 않았다고 하면 거짓말일 것이다. 깨끗하고 새하얀 도화지 위에 빨간 점을 찍으면 그 점만 눈에 들어오듯이, 몇몇 사람들의 부정적인 말이 나를 잠시 위축되게 했다.
‘내가 잘하고 있는 걸까? 대학에 들어가서 그 많은 등록금이며 생활비는 어떻게 감당하려고? 졸업하고 다시 재취업이 가능하다는 보장도 없는데….’
이미 회사에는 편입 합격을 해서 그만두겠다고 말을 한 상황이었고, 온 동네방네 얘기 해 놓은 상황이라 물릴 수도 없었다.
“쓸데없는 고민 하지 마 주름 생겨. 등록금은 장학금 받으면 되고, 생활비는 네가 벌어 놓은 거 쓰면 되잖아. 그리고 지금까지 일한 경력이 있는데 어딘들 못 들어가겠니? 당장 취업 못하면 또 어때, 엄마아빠랑 같이 살면서 천천히 알아보면 되지."

걱정하는 나를 보며 엄마는 별일 아니라는 듯이 웃으며 말씀하셨다. 나와 가장 친한 친구들도 나에게 이런 말을 했다.

"남들이 보기에는 네가 특별해 보여서 그러는 거야. 그런 사람들 말에 맘 쓰지 마. 다른 사람들이 못하는 걸 하는 너의 용기가 대단한 거지."

가만히 보니, 부정적인 말을 하는 사람들은 나와 친한 친구가 아닌 그냥 알고 지내는 사람들이었다. 그 사람들 말에 잠시 휘둘렸던 나를 추스르고 남들처럼 학교에 다니고 유학을 가고 회사에 취직하는 순서가 아닌, 취직을 하고 학교를 다니고 유학을 가는 내 모습이 그들이 보기에는 조금 다를 뿐이라고 생각했다.

남들보다 늦다고 해서 걱정할 필요는 없다. 본인만의 길이 있다. 늦더라도 나의 꿈과 내 목표를 위해서 단계를 밟아 한 걸음 한 걸음 올라가는 게 중요하다. 늦게 가는 만큼 주변의 상황이나 실패에 대비할 수 있고 세상을 보는 관점이 다양해진다.

스물아홉의 나이에 학교에 다니면서 들었던 생각은 '스무 살 때 지금처럼 배움의 기쁨을 느낄 수 있었을까?'였다. 매일 등교하는 길이 즐거웠고, 같은 과 동생들과 보내는 시간이 참 소중했으며, 수업시간 교수님의 가르침 하나하나가 나에게는 아름다운 노랫소리처럼 들렸다. 지난 내 시간들로 인해 동생들에게 현실적인 취업에 대한 조언과 경험했던 것들을 얘기해줄 수 있어서 참 감사했다.

중국에서 공부할 때 선생님은 나보다 세 살이 어렸다. 첫 수업 때 일어나서 자기소개를 하면서 "저는 정세영이고, 나이는 서른입니다."라고 했을 때 놀라던 학생들의 표정을 잊을 수가 없다. 편입이라는 개념을 이해하지 못하는 외국 학생들에게 회사에 다니다가 뒤늦게 학교에 입학한 나의 상황을 말해주었고, 한국에 올 때까지 '나이 많은 여학생'으로 유명했다. 나 말고도 서른이 넘는 학생들도 많았지만 그들은 자비로 유학을 오거나, 회사에서 보내주거나, 결혼을 해서 배우자와 함께 온 사람들이었다. 그 나이에 학교에 다니면서 공부하러 온 사람은 나 하나로, 중국에서도 나는 별종이었다.

여러 외국인이 섞여서 함께 공부를 하면서 인생에서 다시 오지 않을 이 순간들이 눈물 날 만큼 행복하게 느껴졌다. 한국에 가게 되면 다시 취업을 해야 한다는 걱정도 시간이 지나면서 점점 희미해져 갔다. 나는 누구보다 열심히 살아왔고, 내가 쌓아온 과거 업적들이 미래에 큰 발판이 될 거라 의심하지 않았기 때문이다.

내 주변의 친구들은 평범한 사람들이다. 나도 평범한 사람이었다. 대한민국 직장인으로 매일 아침 출근해서 일하고, 점심 먹고, 다시 일하고, 전철 안의 사람들 사이에 끼어 집으로 돌아오는 일상. 그리고 다음날도 똑같은 하루. 이런 하루하루가 싫었던 것은 아니다. 누구나 다 그렇게 살아가고 있으니 나 역시 그렇게 사는 게 맞는 거라 여기며 살아왔다.

하지만 다른 사람들과 조금 다른 점이 있었다면, 나에게는 배움에 대한 열망이 있었다는 것이다. 물론 회사를 다니며 학원에서 공부를 할 수 있었지만, 진짜 대학교 강의실에 앉아 학생들과 함께 공부하고 싶었다.

누구나 지금 처한 상황을 바꾸고 싶어 한다. 하지만 쉽사리 용기가 나지 않는다. 그리고 더 큰 문제는 생각만 하고 아무 노력도 하지 않는다는 점이다. 몇 년 전 일명 '시크릿' 열풍이 불어 '꿈꾸면 모두 이루어진다.'는 말을 여기저기서 볼 수가 있었다. 하지만 그 열풍도 금방 사그라졌다. 꿈만 꾼다고 이루어지는 것이 아니기 때문이다. 가장 중요한 단어가 한 가지 빠졌다. 바로 '노력'이다. 꿈만 꾼다고 꿈을 이룰 수 있다면 모든 사람들이 왜 이렇게 힘들게 살고 있을까? '꿈꾸고 노력하면 이루어진다.'로 바꿔서 읽어야 한다.

1959년 티베트에서 중국의 침략을 피해 80이 넘은 노스님이 히말라야를 넘어 인도에 왔다. 그때 기자들이 놀라서 노스님에게 물었다.

"어떻게 그 나이에 그토록 험한 히말라야를 아무 장비도 없이 맨몸으로 넘어올 수 있었습니까?"

그 노스님의 대답이었다.

"한 걸음 한 걸음 걸어서 왔지요."

법정 스님의 《홀로 사는 즐거움》에서 나오는 구절이다.

남들보다 늦게 가는 것에 대한 두려움보다는 내가 늦게 가는 만큼 그것을 이룰 수 있는 노력을 하고 있는지에 대한 생각을 해봐야 한다. 조금 늦으면 어떤가. 지금 내 인생에서 가장 중요한 시간을 보내고 있다고 생각하자. 시작은 미약하나 끝은 대박 나리라.

연애할까
결혼할까

"결혼 언제할거니?"

맙소사! 이 얘기를 내가 듣게 될 줄이야!

서른이 되니 주변 사람들이 내게 이런 질문을 한다. 나와는 전혀 상관없는 이야기라고 생각했는데 막상 듣게 되니 당황스럽기 그지없다.

"만나는 사람은 있니? 뭐 하는 사람이야?"

"서른 넘어가면 아기 낳을 때 체력 달려서 힘들어. 얼른 결혼해."

만나는 사람이 있다고 해도, 없다고 해도 그에 따른 다양한 질문들이 나를 괴롭게 한다. 나이를 들먹이며 아이를 빨리 가져야 한다는 언짢은 걱정도 듣기 좋지만은 않다.

이제 슬슬 주변 친구들 하나 둘씩 결혼한다는 소식도 들려오고, 이미 아기를 낳은 친구들도 있다. 드라마에서 서른 넘은 여주인공에게 엄마가 남자 사진을 들이밀며 선을 보라고 하면 여주인공은 "결혼은 무슨 결혼이야! 난 혼자 살 거야, 독신주의라고!" 하는 모습을 보면서도 먼 나라 얘기 같았다. 여주인공이 정말 독신으로 살면 드라마가 재미없으니 그 말이 끝나기가 무섭게 금방 사랑에 빠져서 결혼하고, 아기도 낳고, 복닥거리며 살아가지만.

승무를 하면서 많이 받는 질문 중에 하나가 "실례지만 결혼 하셨어요?"이다. 궁금해서 물어보는 것도 있을 테지만 가끔은 부모님 연세 쯤 되는 손님들의 '중매'도 이어진다.

"언니, 우리 아빠가 언니 번호 받아오래요."

어느 날 초등학생 여자 아이가 핸드폰을 내밀었다. 무슨 일이냐고 물어봤더니,

"내 번호는 왜?"

"우리 삼촌이 아직 결혼을 못해서 아빠가 언니를 삼촌에게 소개시켜주고 싶대요."

아이의 말에 황당하기도 하고 좋게 봐주신 점에 감사해하며 정중하게 거절했다. 그런데 이번에는 아이가 우리 삼촌이라고 사진을 들고 와서 보여주는 것이었다. 그날 하마터면 광태삼촌에게 시집갈 뻔했다.

사람들은 미혼들에게 궁금한 게 참 많다. 누구랑 만나는지, 애인이 없다면 무슨 문제가 있는 건지, 애인이 있다면 언제 결혼할건지, 애인과 헤어졌다면 왜 헤어졌는지 등등 모든 것을 궁금해 하고 만약 알 수 없다면 추측까지 한다. 나 또한 그래왔다. 남의 얘기 같았던 결혼 질문을 듣고 나니 그동안 내가 얼마나 쓸데없는 오지랖을 부리고 다녔을지 참 부끄러워졌다.

십대에는 잘생긴 사람이 좋았다. 그건 지금도 변함없지만 그때는 잘

생기고 노래 잘하는 남자가 멋져 보였다. 동갑내기보다는 선배 오빠들을 좋아했고, 문자메시지 하나에 웃고 울었던 기억이 난다. 20대 초반에는 스펙을 많이 봤고, 중반에는 성격과 집안을 봤고, 30대가 된 지금은 그 모든 것을 본다. 그래서 나이 먹을수록 눈이 높아진다고 하나 보다.

엄마는 나를 보면서 하루에도 열두 번 마음이 바뀌신다.

"얼른 시집가. 시집가서 예쁜 아가 낳고 살아야지. 집에 네 옷이 제일 많아. 다 가지고 얼른 시집가!"

빨래를 개면서 이렇게 핀잔을 주다가도 드라마를 보시고는 또 이렇게 말씀 하신다.

"결혼하면 다 좋은 줄 알지? 좋을 거 하나도 없어. 시집가지 말고 연애만 해. 엄마아빠 옆에 오래오래 있어."

도대체 결혼을 하라는 건지 말라는 건지, 어느 장단에 춤을 춰야 할까?

고등학교 때 매주 금요일 밤 '사랑과 전쟁' 드라마를 꼭 챙겨 봤다. 어린 나에게 결혼에 대한 안 좋은 선입견이 생길까봐 엄마는 못 보게 하셨지만 나에게는 그 어떤 블록버스터 영화보다 더 흥미롭고 재밌었다. 드라마를 보면서 결혼에 대한 선입견이 생긴 것보다 결혼할 남자에 대한 조건이 잡혔다.

드라마의 여러 에피소드를 보고 만든 내 남편의 조건은 이러했다.

- 외아들일 것.
- 시부모님의 금실이 좋을 것.
- 작은 일이라도 숨기지 말고 부인에게 다 얘기 할 것.

- 항상 부인 편을 들 것.
- 주말에는 가족과 시간을 보낼 것.
- 보증 서지 말 것.
- 건전한 친구를 사귈 것.

결혼할 남편의 조건은 이렇게 만들어 놨고, 한 가지 더 바라는 점이 있다면 '연애 같은 결혼생활'을 하고 싶다.

결혼한 선배들은 장난 식으로 "미룰 수 있다면 결혼은 미뤄야 해."라든지 "결혼하면 서로 대면 대면 하지 뭐."라는 얘기를 종종 한다. 매일 함께 있다 보면 서로 편해져서 설렘보다는 익숙함이 자리 잡아서 그런 거라 생각된다.

기차에 승무를 하다 보면 대한민국의 모든 부부유형을 만나게 된다. 그 중에 가장 아름다웠던 모습은, 여행 내내 할아버지 할머니 두 분이서 손을 꼭 잡고 계시는 모습이다. 세상 풍파 속에서 반평생 서로 의지하며 함께 하셨을 생각에 견고한 사랑이 느껴졌다.

나는 할머니가 되어도 남편이 "세영아."라고 불러 주길 바란다. 우리나라 엄마들은 결혼해서 아이를 낳게 되면 내 이름보다 '누구 엄마'로 불리는 날이 더 많은 것 같다. 할머니가 되어서도 내 이름을 다정하게 불러준다면 참 행복할 것 같다는 생각이 든다.

나에게는 초등학교부터 고등학교까지 모두 같은 학교를 나오고 같은 동네에 살고 있는 세 명의 친구가 있다. 사는 동네의 이니셜을 따서 'Y. G fam'이라고 이름까지 붙이고 우정을 나누고 있는데, 네 명 중 아직 결혼한 사람이 없다.

친한 친구들이 결혼하면 감기가 옮듯이 서서히 결혼을 하게 된다는 속설이 있다. 그런데 우리는 아직 연애만 하고 있다. 다행히 넷이 성격도 잘 맞고 입맛도 잘 맞아서 틈만 나면 여행을 자주 다니고 맛 집을 찾아다닌다. 그런 우리를 볼 때마다 각자의 어머니들이 하나같이 모두 똑같은 말씀을 하신다.

"제발 시집 좀 가라. 너네는 어떻게 된 게 아무도 시집을 안 가니?"

엄마들의 이런 공격에도 걱정되지 않는 이유는, 모두 건강하고 활발하게 일도 잘하고 연애도 잘하고 있다는 점이다. 만약 지금까지 제대로 된 연애도 하지 않았거나, 연애를 해본 경험이 없다면 문제였겠지만.

지인의 소개로 알게 된 한 언니는 올해 38살로 아직 미혼이다. 만나는 사람이 없는지는 꽤 오래 되었고, 주변에서 소개를 시켜주어도 눈이 높아서 누구를 만나기가 힘들다. 하지만 항상 결혼이 하고 싶다고 말하는 언니이다. 하루는 예쁜 구두를 신고 왔기에 어디서 샀는지 물어봤다.

"백화점에 갔더니 구두 세일을 하는 거야. 이 사이즈가 딱 한 개 남았는데, 약간 흠집이 있어서 20%나 더 세일해 준 거 있지. 호호, 난 이렇게 물건 사는데 운이 있어."

구두를 저렴하게 사서 신나 하는 언니를 보면서 '물건 사는 운이 좋으면 뭐하나, 남자 고르는 운이 있어야 할 텐데…' 하고 생각하며 본인의 기준을 조금만 낮췄으면 하는 안타까움이 들었다.

또 다른 언니는 여대에서 발레를 전공하고 현재 발레 선생님으로 근무하고 있다. 스물다섯 살 때 취미생활로 발레를 배우다가 알게 되어서 지금까지 육 년이 넘게 알고 지내고 있다. 긴 시간 동안 서로 "우리 결혼은 할 수 있을까?" 하고 매번 우스갯소리를 했는데, 언니는 친구 소개로 만난 남자와 몇 달 만에 결혼 날짜를 잡았다.

"이전에는 잘 몰랐는데, 결혼식 날짜를 잡고 나니까 실감이 나더라. 서로 알게 된 시간은 얼마 되지 않지만, 그래도 이 사람이라는 확신은 들었어."

소감을 말하는 언니의 얼굴에서 행복함이 묻어나왔다.

결혼이라는 것이 하고 싶다고 되는 것도 아니고, 전혀 결혼 생각이 없었던 사람이 갑자기 좋은 사람을 만나서 결혼하게 되는 경우도 많이 봤다. 만나는 시간은 중요치 않은 것 같다. 어떤 사람을 만나느냐가 중요한 것이지.

연애를 하면서 '이 사람이 정말 나에게 잘 맞는 사람일까?'라는 생각을 하게 된다. 이런 생각에 마침표를 찍어주는 이야기를 소개해보겠다.

어느 날 플라톤은 스승 소크라테스에게 가서 물었다. "도대체 사랑이란 무엇입니까?"

소크라테스는 플라톤을 데리고 넓은 보리밭으로 나갔다.

"나는 이 보리밭 반대편 끝에 서 있을 테니, 너는 내가 있는 곳을 향해 똑바로 걸어오도록 해라. 오는 동안 이 보리밭에서 가장 크고 실한 이삭을 가져와야 한다. 한 가지 명심할 것은 절대 되돌아 갈 수 없고, 앞으로만 걸어가야 한다."

플라톤은 보리밭 사이를 걷기 시작했지만 소크라테스가 서 있는 반대편에

© 기차여행 전문가 박준규

도착했을 때 그의 손에는 아무것도 없었다.

"왜 보리이삭을 가져오지 않았느냐?"

"따지 않은 것이 아니라 따지 못했습니다."

"왜 따지 못했느냐?"

"생각이 너무 많았습니다. 가장 크고 실한 것 하나를 골라야 하는데 되돌아갈 수는 없으니 괜찮다 싶은 것을 발견해도 혹시 저 앞에 더 크고 좋은 것이 있지 않을까 하는 생각이 들어 그랬습니다. 그런 생각으로 계속 걷는데 처음에 발견했던 것만큼 크고 실한 것이 없었습니다. 결국 이렇게 빈손으로 여기까지 올 수밖에 없었습니다."

소크라테스는 빙그레 웃으며 대답했다.

"그것이 바로 사랑이다."

연애를 하든 결혼을 하든 '지금 함께 있는 사람보다 더 좋은 사람이 있지 않을까?' 하고 의심하는 순간이 온다. 하지만 매번 이렇게 의심하다가는 알곡은 걸러지고 결국 쭉정이만 얻게 될지도 모른다. 지금 내 곁에 있는 사람이 내가 고른 가장 좋은 사람일 테니 말이다.

머지않아 나는 훌륭하고 좋은 사람과 결혼할 것이다. 그리고 항상 내가 꿈꿔온 그대로 '연애 같은 결혼생활'을 즐길 것이다. 그 전까지는 아직 난 연애가 참 좋다.

심플하게 살기

나이 앞자리가 2에서 3으로 바뀌면서 많은 것이 달라졌다. 우선 내가 그렇게 좋아하던 쇼핑이 시들해졌다는 것이다. 20대 때 나의 가장 큰 관심사는 '가방'이었다. 여자라면 누구나 한 가지씩 좋아하는 액세서리가 있는데, 나는 예쁜 가방만 보면 정신을 못 차렸다.

시즌마다 새로 나오는 가방들 사이에서 신상을 찾아다니는 내 모습은 영화《반지의 제왕》에서 나오는 '골룸'과 비슷했다. 유일하게 사치를 부린 것이 가방이었는데, 일하느라 수고한 나에게 분기마다 주는 선물이었다.

"내가 못 살아. 무슨 가방을 만날 사? 가방에 파묻히고 싶니? 이젠 방에 놔둘 데도 없어!"

큰 쇼핑백을 들고 집에 오는 나를 보고 엄마는 혀를 차며 말씀하셨다. 엄마 말대로 내 방에는 가방이 절반을 차지할 정도였다. 언젠가는 엄마 몰래 가방을 사서 침대 아래에 넣어 두었다가 발각이 되어서 아빠한테까지 꾸중을 들었다. 엄마가 아무리 혼을 내도 가방을 사면 그렇게 신이 날 수가 없었다. 매장에 딱 하나 남은 가방을 샀을 때의 성취감은 우리나라 선수들이 올림픽에서 역전승으로 금메달을 따는 모습을 봤을 때만큼이나 컸다. 빨강, 파랑, 초록 등 다양한 색상의 가방을 두고 아침마다 "오늘은 어떤 걸 들고 출근할까?" 하고 행복한 고민을 하기도 했다.

그러던 어느 순간 '내가 나에게 주는 선물'이라는 명분하에 하나 둘씩 사던 가방에 거짓말처럼 흥미가 뚝 떨어졌다. 잡지나 드라마에서 예쁜 여배우들이 들고 있는 가방을 보면 '저 가방 어디 꺼지? 당장 가서 사야겠다!'라며 인터넷을 뒤지고, 백화점으로 달려갔던 내 모습이 온데 간데 사라진 것이다. 비단 나이를 먹어서만은 아니었다. 20대의 나를 돌아보면 남들이 보는 내 겉모습을 중요시 여겼고, 가방은 그런 나에게 완벽한 액세서리였던 것이다.

서른이 다가오면서 시들해진 나의 가방 쇼핑은 다른 것으로 채워졌다. 바로 '자기계발 책' 사기이다. 20대에도 자기계발 책을 많이 읽었지만 따로 사지는 않았다. 집 근처에 시립도서관이 있고, 전철역에는 무인 도서기계가 있어서 언제나 책을 마음껏 빌려서 읽을 수 있었기 때문이다.

책을 읽고 받은 감동과 용기, 희망은 언제나 나에게 동기부여를 주었지만 시간이 지나면 다시 시들해졌다. 더구나 빌린 책은 다음 사람을 위해 깨끗하게 읽어야 하고, 정해진 시간 안에 반납을 해야 했다. 어떤 날에는 절반도 읽지 못한 채 반납하는 경우도 있었다. 책 내용을 좀 더 오랫동안 기억하고 싶고, 책에서 받은 감동을 잊지 않기 위해 고민을 하다가 나만의 독서 노트를 만들어야겠다는 생각을 했다. 책을 읽고 나서 좋았던 글귀나 느낌을 적었는데 쓰다 보니 두 번 일을 하는 기분이 들었다.

'그냥 책에다 바로 메모를 하면 되지 않을까?'

번뜩 떠오르는 생각을 가지고 바로 실천을 하려는데 빌려온 책에는 낙서를 할 수가 없다는 것을 깨달았다. 그 길로 바로 서점에 가서 읽고 싶었던 책을 골라왔다. 책을 곁에 쌓아두고 침대에 앉아서 형광펜으로 줄도 치고 순간순간 떠오르는 내 생각을 책 귀퉁이에 적기도 했다. 그렇게 나만의 독서 노트가 한 권, 두 권 점점 늘어나기 시작했다.

책을 많이 사다보니 책장에 책이 넘쳐나게 되었다. 그제야 내 방의 문제점이 눈에 들어오게 되었다. 엄마 말대로 방에 가방이 가득 차서 책을 놔둘 데가 없었던 것이다. 여기저기 놓여 있는 가방들은 20대 내 지난날들의 훈장처럼 남아 있었고, 한데 모아보니 나조차 놀랄 만큼 많았다. '내가 나에게 주는 선물'이 시간이 지나자 '애물단지'로 바뀌어 있었다.

가방을 산 돈이 아깝지는 않다. 그때 당시 나에게 충분히 행복감을 줬기 때문이다. 다만 관심사가 가방에서 책으로 바뀌니 자리만 차지하고 있는 가방들이 쓸모없게 느껴졌다. 게다가 출퇴근길에 책을 가지고 다니면서 읽다 보니 큰 가방이 필요하게 됐다. 이전에는 모양이 예쁜 가방 위주로 사다보니 어떤 가방은 책이 들어가지도 않을 만큼 크기가 작은 것도 있었다.

결국, 가볍고 소지품이 많이 들어갈 수 있는 가방만 따로 추리고 사용하지 않는 가방들을 정리하기 시작했다. 꽤 많은 가방들을 중고물품 거래 사이트나 중고가방 판매점에 내놓았다. 온라인에서는 내가 가격을 정할 수 있었지만, 오프라인 매장은 감정가를 매겨서 금액이 정해졌다.

© 기차여행 전문가 박준규

충격이었던 것은 원래 내가 샀던 금액보다 훨씬 못 미치는 가격으로 책정되는 것이었다. 또 하나 가방을 정리하면서 느낀 점은 그동안 양가죽이네 소가죽이네 별 가방을 다 들어봤지만, 결국에는 이리저리 막 들 수 있는 편안한 가방이 제일이었다.

가방 정리를 마치고 이번에는 옷장을 열어보았다. 오랫동안 입지 않은 옷들이 눈에 띄었다. 옷장 정리하는 데만 꼬박 사흘이 걸릴 정도로 사놓고도 입지 않은 옷들이 참 많았다. 가방과 옷 등을 정리하자 방이 꽤 널찍해져서 책을 둘 수 있는 공간을 충분히 확보할 수 있게 되었다.

'물건 정리하듯 내 인생도 정리가 되었으면 좋겠다.'

가방과 옷을 정리하다가 이런 생각이 들었다. 어지럽게 날라 온 낙엽을 큰 빗자루로 쓱쓱 쓸어버리듯 쓸데없는 고민과 슬픔, 정리되지 않은 인간관계들을 깔끔하게 날려버리고 싶을 때가 있다. 가방을 아무리 많이 사도 또 욕심이 나는 것처럼 살다보면 괜한 욕심이 앞서서 피곤해지는 경우가 있다.

20대에는 물건 욕심도 많았고 사람 욕심 또한 많았다. 그러다 보니 고민도 많고 아픔도 많았다. 가끔은 어설프게 맺은 인간관계들은 나의 귀중한 시간을 낭비하게 만들기도 했다.

'過猶不及(과유불급) 지나침은 모자람만 못하다.'

욕심은 많은 부작용을 낳는다. 가방을 샀을 때 순간의 기쁨은 있었지만 지속되지는 않았다. 아무리 비싼 가방도 한두 달이면 시들해졌다. 물건으로는 마음의 공허함을 채울 수가 없었다. 이전의 모습을 돌아보면 진정으로 원해서 어떤 물건을 사는 것보다 남들이 다 쓰니까 나도 하나

쯤 있으면 좋겠다는 생각에 산 적도 많았다.

"너무 옷이 많아서 뭘 입을지 모르겠지? 옷이 딱 한 벌만 있으면 고민 안 해도 될 텐데."

옷장을 열고 고민을 하는 나에게 엄마는 이렇게 말하셨다. 여자들의 최대 미스터리는 '옷장에 입을 옷이 하나도 없다.'는 점이다. 분명 옷장에 옷이 터져 나갈 만큼 많은데도 말이다. 옷장을 정리하고 나서부터 옷을 골라 입기가 한결 수월해졌다. 그동안 너무 많은 것을 가지니 선택사항이 넓어져서 고르기가 힘들었던 것이다.

사람도 물건이라고 생각해 보자. 너무 많은 가방 때문에 정작 필요한 책을 둘 데가 없었던 것처럼 너무 많은 인간관계에 욕심 부리다 보면 정작 소중한 인연을 놓칠 수도 있다. 어떤 사람과 친해지고 나면 나도 모르게 이 사람을 소유하려는 욕심이 생긴다. 그러다 보면 별거 아닌 말이나 행동에도 쉽게 상처를 받게 되고, 서운해져서 나중에는 원망스러운 마음이 든다.

이제부터 할 일이 있다면 하나씩 처리해보자. '천릿길도 한걸음부터'라는 말이 괜히 생겨난 것이 아니다. 어차피 사람은 한꺼번에 많은 일을 처리할 수가 없다. 한 가지라도 제대로 끝까지 해내는 것이 중요하다.

일이든 우정이든 사랑이든 하나라도 제대로 몰입하자.

네 나이가 어때서

　중국에서 한 학기가 끝나고 여름방학이 시작되기 전 다른 동생들은 중국여행을 더 하고 돌아가려고 계획을 짜는 동안 나는 한국의 회사에 이력서를 몇 개 넣었다. 다행히 몇 군데에서 연락이 왔고 예정보다 일찍 한국으로 돌아가게 되었다. 서른이 되어도 취업에 자유롭지 못한 내 모습이 안쓰러우면서도 한편으로는 서류 통과 한 것에 안도의 한숨을 내쉬었다.

　기숙사의 짐을 싸고 휑해진 방을 둘러보니 갑자기 눈물이 났다. 나는 장소에 정을 많이 주는 편이라 아직도 눈을 감으면 내가 갔던 장소, 먹었던 음식, 대화 내용, 심지어 맡았던 향기까지 생생하게 기억을 한다. 그런 내가 서른의 시작을 함께한 방을 보며 눈물이 난 것은 당연한 일이었다.

　떠나기 전날 학교를 한 바퀴 돌면서 구석구석 눈에 담는데 울적한 내 맘을 알기라도 하듯이 하늘에서 비가 추적추적 내렸다. 저녁이 되면 어마어마하게 넓은 학교의 교정을 산책하거나, 가끔은 자전거를 빌려 타고 석양이 떨어지는 하늘을 보며 신나게 달리기도 했다. 도서관, 학교 앞 시장, 양 꼬치 집, 운동장 등 학교의 모든 곳이 나에게는 추억이 깃든 소중한 곳이었다.

한국에 돌아와 이력서를 낸 회사에 가서 면접을 보며 한국 사회에 다시 적응할 시간이 필요했다.

"나이가 좀 많은데, 이 자리에서 근무할 수 있겠어요? 막내 업무인데."

"경력은 있지만 지금 이 일은 다시 처음부터 해야 해요. 괜찮겠어요?"

경력 덕분에 서류 통과는 되었지만 만약 입사하게 되면 가장 아랫 단계의 업무를 해야 했다. 내가 그동안 쌓아온 경력들이 사라지는 것 같은 기분이 들었다.

"꼭 그렇게 바로 일을 시작 해야겠니? 한국에 돌아온 지 얼마 안됐는데, 좀 쉬다가 하지 그래."

귀국하자마자 다음날 면접을 보러 가는 나에게 엄마는 걱정스러운 말투로 물으셨다. 면접을 보러 가면 어떤 곳은 하는 업무가 마음에 들지 않거나, 연봉이 맘에 들지 않거나, 또 어떤 곳은 면접 일정이 없어지는 경우도 있었다. 서른의 여자가 들어갈 회사는 많지가 않았다. 우울해지는 것도 잠시, 다시 생각을 고쳐먹었다.

'왜 다시 똑같은 업무를 하려고 하지? 이미 할 만큼 해봐서 더 이상 새로울 것도 없는데, 내가 해왔던 일이라 쉽다고 생각했나? 그렇다면 이전과 똑같은 삶을 살 텐데?'

회사가 싫어서 그만둔 것은 아니었지만 새로운 삶에 대한 기대로 학업을 시작했고 중국으로 갔으며, 희망을 안고 다시 귀국했다. 이전과는 다른 일을 하면서 더욱 즐겁게 살고 싶다는 목표도 생겼다.

'좀 더 보람 있는 일을 하고 싶다. 하루하루 가슴 뛰는 일을 하고 싶다.'

그렇게 해서 시작한 일이 지금 내가 너무나 즐겁게 하고 있는 기차 승무원이라는 직업이다. 만약 내가 이전에 했었던 업무를 계속 했더라면 지금의 이런 즐거움을 느낄 수가 있었을까? 혹시라도 나이가 많다는 이유로 부정적인 사람들의 말에 쏠려 학교에 다시 가지 않았다면 내 삶은 어땠을까?

내 주위의 많은 사람들이 이런 얘기를 한다.

"아 공부하고 싶어. 다시 학교에 간다면 진짜 잘할 자신 있는데."

"내 소원이 외국에서 공부해보는 거야. 미국에 꼭 가보고 싶어."

이런 말을 들을 때마다 내 경험을 예로 들면서 당장 도전해보라고 말을 한다. 그럼 사람들은 모두 똑같은 말로 변명을 한다.

"그렇게 다 하고 나면 내 나이가 몇인데…"

이런 답답한 말이 있나! 그렇게 아무것도 안하고 일 년, 이 년 지나는 것과 내가 하고 싶은 것을 하고 일 년, 이 년이 지났을 때의 나의 미래는 천지 차이다. 많은 사람들의 가장 큰 두려움은 실패가 아니라 실패했을 때 사람들에게 받게 될 비난을 더 두려워한다. 그래서 시도조차 해보지 않고 나이 탓을 들먹이며 포기하고 매번 후회하는 것이다.

나 또한 중국에서 돌아와 서른이라는 나이로 회사에 다시 들어갈 생각을 하니 가슴이 답답했다. 새로운 업무를 시작하는 것도 두렵고, 날 받아줄 곳이 있을지 의심도 들었다. 취업시장에서 유난히 나이를 보는 곳이 우리나라가 유일할 것이다. 그러니 자연스레 사람들도 20대 중반부터는 많은 나이라고 치부해버린다.

"이제 곧 서른이네. 내 인생도 이제 내리막이야!"

앞길이 구만리인 젊은이들이 이런 생각을 한다는 것 자체가 아이러니하지 않은가? 나이 드는 것은 인간의 숙명이고 누구나 피해갈 수 없다. 어떻게 나이를 먹느냐가 더 중요하다.

얼마 전 여행 프로그램에 새바람을 안겨 준 '꽃보다 할배'에서는 할배들의 인생 노하우가 고스란히 녹아 있었다.

"나이 먹었다고 주저앉아 대우나 받으려는 것은 늙어 보이는 것이다. 인생은 긍정적으로 보면 좋다. 이제 우리 나이는 닥치면 닥치는 대로 살아야 한다. 그럴 때 나는 '당장 내일 할 일이 있으니까. 끝을 생각하기보다 현재에 최선을 다해야지. 팔십이라는 것도 빨리 잊고, 아직도 육십이구나' 하고 살아야지."

비행기 안에서 잠 한숨 주무시지 않고 지도를 들고 여행공부를 하시던 이순재 선생님의 모습을 보면서 나이에 대해 회의적인 생각을 했던 나 자신이 부끄러워지는 순간이었다.

함께 근무하는 선배님들은 많게는 여덟 살에서 적게는 두 살 정도 차이가 난다. 하지만 일을 할 때는 서로 나이를 염두에 두지 않는다. 일할 때 능력을 더 중요하게 여기기 때문이다. 이런 점에서 나이 많은 후배에게 스스럼없이 대해주는 선배들에게 감사함을 느낀다.

얼마 전 노량진역에서 20대 초반으로 보이는 한 커플이 전철을 타서 이런 얘기를 주고받았다.

"빨리 시간이 휙 하고 지나서 나이가 많아졌으면 좋겠어."

"왜?"

"그냥. 청춘이 너무 힘들다."

여자의 말에 남자친구는 미소를 지으며 머리를 쓰다듬어주었다. 그 모습을 보고 나도 일어나서 여학생의 머리를 쓰다듬어주고 싶었다. 나이 듦에 대해 냉소적이면서도 지금 본인의 청춘이 두렵기만 한 것이다.

어쩌면, 이렇게 힘들게 청춘을 보내다가 나이만 먹는 것이 아닐까 하는 두려움이 큰 걸지도 모르겠다.

"나이를 먹는 것을 두려워 말자. 걱정해야 할 일은 나이를 먹기까지의 여러 가지 장애를 극복하는 일이다."

우리는 하루하루 나이를 먹고 있다. 두려워하거나 피하기보다 내가 지금 무엇을 먼저 해야 하는지 우선순위를 가지고 하나씩 실천해야 한다.

지금 당신의 나이가 당신의 인생에서 가장 젊은 나이라는 것, 잊지 말자.

당신의 종착역은
어디입니까?

인생은 포기하지 않는 한 계속된다. 앞으로 내가 100년을 산다고 가정한다면, 나는 이제 겨우 3분의 1도 안되게 살았다. 그런데도 가끔은 인생 다 산 사람처럼 절망하고 좌절하고 힘들어 했던 시간들도 있었다.

요즘 우리나라는 힘들다. 나라도 힘들고 국민들도 힘들다. 웃을 일도 없고, 웃으면 죄책감이 드는 날도 있었다.

오랜만에 엄마의 코트를 사러 백화점에 갔다가 한 방송사 기자의 눈에 띄어 인터뷰를 하게 되었다. 질문은 '요즘 경기가 안 좋은데, 실제로 체감하는지?'였다. 직장인으로서 힘든 고충, 신혼부부들의 집장만 고민, 취업문제에 관련해서 열변을 토했다. 실제 뉴스에서는 한마디만 짧게 나왔지만.

"월급은 한정되어 있는데, 경제는 나아지지 않고."

짧은 한마디였지만, 뉴스를 본 지인들은 현재 상황을 잘 간추렸다며 모두 공감해주었다.

중학교 2학년 때 겨울 방학을 앞두고 일본 중학교와 자매결연 맺어 일주일 동안 일본으로 견학을 갈 기회가 생겼다. 가고 싶은 학생만 지원을 받았는데 40만 원의 경비가 필요했던 걸로 기억한다. 부모님은 흔쾌히 허락을 해주셨고 친구들과 함께 일본으로 놀러갈 생각에 무척 들떴다.

"이번에 일본으로 견학 가기로 한 거, 사정이 생겨서 취소가 되었어요."

일본에 가기만 기다리고 있었는데, 담임선생님의 말에 엄청 속이 상해서 눈물이 났다. 알고 보니, 사정이 어려워서 견학을 보내주지 못한 부모들의 항의로 학교에서 취소를 한 것이었다. 당시에는 어린 마음에 항의한 친구들의 부모님이 정말 미웠다. 그때가 1998년이었고, IMF 사태로 냉랭한 시기였지만 어린 나는 체감하지 못했던 것이다.

"울지 마, 여행은 다음에 가면 되지. 돈 없어서 일본에 못 가는 친구들은 얼마나 속상하겠니? 네가 이해해."

집에 와서 짜증을 내며 우는 나를 달래면서 엄마가 말씀하셨다.

시간이 조금 흘러 고등학생이 되었고, 반장이었던 나는 반에 급식비를 내지 못하는 학생들이 몇몇 있다는 것을 알게 되었다. 그때는 조금 철이 들어서 그랬는지, 다른 친구들이 알지 못하게 그 친구에게 몰래 지원비를 전해줬다. 그러면서 중학교 때 일본으로 견학을 갈 수 없던 친구들이 생각이 나 가슴이 아팠다.

기차에 승무를 하면서 겉보기에도 부유해 보이는 승객이 있는 반면, 정말 어렵게 시간을 내서 모처럼 여행을 나오신 승객도 눈에 보인다. 자연스레 두 번째 승객에게 더 마음이 쓰이게 된다.

앞에서도 말했지만 관광열차는 관광요금이 포함되어 있어 기존의 기차요금보다 조금 비싸다. 그럼에도 열차를 타기 위해 비가 오나, 눈이 오나 승차해주시는 승객들에게 늘 감사하다.

누군가 인터넷에서 여행 관련 기사에 이런 댓글을 달았다.

"여행하고 싶어도 돈이 없는 저에게는 그림의 떡이네요."

모두들 시간이 나면 자유롭게 여행을 떠나는 꿈을 꾼다. 나도 마찬가지다. 중학교 때 일본 견학이 취소되고 시간이 지나면서 느낀 것은, 누군가에게는 잠깐의 여행도 사치로 느껴질 수 있다는 점이었다.

여행을 하는 승객들을 싣고 매일 승무를 하면서 바라는 점이 있다면 '더도 말고 덜도 말고 오늘처럼 늘 행복했으면' 하는 것이다. 기차에 타고 여행을 떠나는 승객들의 얼굴을 보면 내가 더 기분이 좋아진다.

독일에서 간호사와 광부로 근무하며 20년 넘게 사시다가 오랜만에 한국에 오신 부부, 30년 만에 모인 여고동창 모임, 이제는 백발이 되어버린 초등학교 친구들과의 여행, 30년간 근속했던 회사 동료들과의 만남.

유치원생부터 대학생까지, 아프리카부터 동남아시아까지 다양한 외국 손님들, 지금 우리나라를 있게 해준 참전 용사 분들과 실향민들.

기차는 작은 지구와 같다. 피부색은 다르지만 한 기차에 타고 같은 곳으로 여행을 가기 때문이다. 그리고 기차는 인생의 축소판 같다. 갓난아이부터 아흔이 넘은 할아버지까지 매일 기차에 올라 여행을 하고 다시 집으로 돌아간다. 모두 다 각자의 인생 이야기를 가지고 말이다.

몇 년 전 손석희 아나운서의 《지각인생》이라는 짧은 글을 읽고 내가 살아온 인생이 어쩌면 틀린 것이 아니라는 생각에 몹시 행복했다.

남들은 어떻게 생각할지 몰라도 나는 내가 지각인생을 살고 있다고 생각한다.

대학도 남보다 늦었고, 사회 진출도, 결혼도, 남들보다 짧게는 1년, 길게는 3~4년 정도 늦은 편이었다. 능력이 부족했거나 다른 여건이 여의치 못했기 때문이었을 것이다. (중략)

내가 벌인 일 중 가장 뒤늦고도 내 사정에 어울리지 않았던 일은 나이 마흔을 훨씬 넘겨 남의 나라에서 학교를 다니겠다고 결정한 일일 것이다. 돌이켜 보면 그때 나는 무모했다. 하지만 그때 내린 결정이 내게 남겨준 것은 있다. 그 잘난 석사학위? 그것은 종이 한 장으로 남았을 뿐, 그보다 더 큰 것은 따로 있다.

첫 학기 첫 시험 때 시간이 모자라 답안을 완성하지 못한 뒤 연구실 구석으로 돌아와 억울함에 겨워 찔끔 흘렸던 눈물이 그것이다. 중학생이나 흘릴 법한 눈물을 나이 마흔셋에 흘렸던 것은 내가 비록 뒤늦게 선택한 길이었지만 그만큼 절실하게 매달려 있었다는 반증이었기에 내게는 소중하게 남아 있는 기억이다.

수능을 실패하지 않았더라면 스무 살에 원하던 대학에 갔을 것이고, 유학도 다녀오고, 취직을 했을 것이다. 남들이 그랬던 것처럼. 어쩌면 결혼해서 아이가 있을 수도 있겠다.

나는 '지각인생'을 살았다. 어쩌면 무모해 보일 수 있는 도전도 했다. 그리고 시간은 좀 걸렸지만 내가 원하는 대로 차근차근 버킷 리스트를 이루어 가고 있다.

길지 않은 지난 시간을 되돌아보면 분명 지나올 때는 울퉁불퉁 자갈밭 투성이었는데, 지나고 나니 그냥 쭉 뻗은 큰 길이었다. 가끔 넘어질 때도 있고, 툭툭 털고 일어날 때도 있고, 가끔은 잘 포장된 길로 신나게 달려가기도 했다.

나는 인생이라는 여행을 하는 중이다. 이제야 그 여행이 제대로 시작되려는 것 같다. 앞으로도 정말 힘들고 어려운 순간들이 올 것이다. 하지만 나만의 소명을 가지고 살아간다면, 지금까지 그래왔던 것처럼 위기의 순간들도 금방 지나갈 것이다.

내가 그동안 이루었던 작은 점들이 하나하나 모여서 큰 점이 되었고, 큰 점이 모여서 선이 되었다. 그 선을 이어가다 보면 둥근 원이 될 것이다.

나는 '행복한 대한민국'을 만들고 싶다. 그러기 위해서 매일 만나는 승객들마다 친절하고 기분 좋게 대하려고 노력한다. 선한 영향력은 전파된다. 나의 작은 노력으로 개인이 행복해지면 가정이 행복해지고, 가정이 행복해지면 사회가 행복해지고, 사회가 행복하면 나라가 행복해질 것이다.

그렇게 나는 오늘도 꿈을 안고 여행 중이다.

매일 여행하는 여자 정세영의 오늘

서른, 환승역입니다

초판 1쇄 인쇄 | 2015년 4월 10일
초판 1쇄 발행 | 2015년 4월 25일

지은이 | 정세영
펴낸이 | 이기동
편집주간 | 권기숙
마케팅 | 유민호 이동호
주소 | 서울특별시 성동구 아차산로 7길 15-1 효정빌딩 4층
이메일 | previewbooks@naver.com
블로그 | http://blog.naver.com/previewbooks

전화 | 02)3409-4210
팩스 | 02)3409-4201
등록번호 | 제206-93-29887호

교열 | 이민정
편집디자인 | 디자인86
인쇄 | 상지사 P&B

ISBN 978-89-97201-21-1 03800

잘못된 책은 구입하신 서점에서 바꿔드립니다.
책값은 뒤표지에 있습니다.